JULIA ZANGE

REALITÄTSGEWITTER

aufbau

JULIA ZANGE

REALITÄTS-GEWITTER

ROMAN

aufbau

Dies ist ein Roman. Etwaige Ähnlichkeiten mit lebenden Personen sind zufällig und nicht beabsichtigt.

MIX
Papier aus verantwortungsvollen Quellen
FSC® C083411
FSC www.fsc.org

ISBN 978-3-351-03658-4

Aufbau ist eine Marke der Aufbau Verlag GmbH & Co. KG

1. Auflage 2016

Einbandgestaltung ZERO Werbeagentur, München
Satz LVD GmbH, Berlin
Druck und Binden CPI books GmbH, Leck, Germany
Printed in Germany

www.aufbau-verlag.de

für M. und alle anderen

The misappropriation of attention as care is a major existential problem of our time.

Deanna Havas, Facebook, 17 minutes ago, NY City

Die Datei »Realitätsgewitter.doc« ist geschützt, da Sie sie in der letzten Zeit nicht geändert haben. Schutz aufheben? Abbrechen?

1. LUCKY DRAGON

Der einzige Mensch, den ich heute Abend sehen möchte, ist Ben. Das Problem ist nur, dass er mich nie sehen will.

Draußen sind es 14 Grad plus, obwohl es einen Tag vor Heiligabend ist. Die Krokusse und Hyazinthen sind verwirrt aus der Erde geschossen, ohne einen blassen Schimmer davon, dass sie in ein paar Wochen für diesen Leichtsinn erfrieren werden. Die Rosen in den Vorgärten am Landwehrkanal sind gar nicht erst verblüht. Die Stadt ist so still, dass es sich anfühlt als wäre alles mit einer dicken unsichtbaren Schneeschicht überzogen. Nur ein paar Penner mit zusammengerollten Schlafsäcken unter dem Arm streunen durch die Straßen, zwei, drei türkische Teenager und händchenhaltende späte Spaziergänger. Die Restaurants und Bars sind dunkel.

Meine Mitbewohnerin Jenna ist über die Feiertage zu ihrer Familie nach Finnland gefahren, was mich nicht besonders stört. Ich fühle mich mindestens genauso einsam, wenn sie in der Wohnung ist. Vielleicht sogar noch einsamer. Überhaupt macht mir die Gegenwart von Menschen meine Lage nur bewusster. Alleine ist es eigentlich ganz okay.

Nur Ben schafft es immer, meine Beklemmung kurz zu lösen. Ich texte ihm, möglichst unverbindlich in der Wortwahl, damit ich nicht zu euphorisch rüberkomme:

»Hey Ben, what's up?«

Er antwortet tatsächlich. »Hey! Um zehn nach dem Fitnessstudio?«

Die Sentimentalität der Weihnachtszeit hat ihn wohl dazu verleitet, mir einen festen Termin zu geben. Natürlich bedeutet das, dass ich zu ihm fahren muss. Er kommt nie zu mir.

Ich lackiere meine Nägel in mehreren Schichten und verlasse zittrig die Wohnung.

Ben wohnt im 5. Stock eines Hochhauses in der Nähe der Prinzenstraße. Auf seiner Klingel steht immer noch der Name des Vormieters: FARIBAH. Ich vermute, dass das Absicht ist. Er wird das Klingelschild niemals austauschen, denn er hat sich diese Wohnung nicht der guten Aussicht, sondern der unaufgeregten Anonymität wegen ausgesucht. Er lebt zwischen hundert anderen kleinen Apartments, die alle den gleichen Schnitt haben, die gleichen Balkons und die gleichen billigen, weißen Elektroherde in der Küche.

Das Licht im Fahrstuhl ist gleißend. Ich komme mir fremd vor im Spiegel. Ein Mädchen mit entschlossenem Kinn und kurzen blonden Haaren, ein riesiges schwarzes Kapuzen-Sweatshirt und schicke Silberohrringe, an denen ein glitzernder synthetischer Edelstein baumelt. Die Ohrringe habe ich mir heute selbst zu Weihnachten geschenkt, aus der Juwelierabteilung bei Karstadt für 29 Euro.

Im fünften Stock ist die Tür schon angelehnt, wie immer, wenn ich komme. Was nicht oft passiert. Auf dem Schild an Bens Tür steht nur eine Nummer mit Bleistift: 540107-03. Die offizielle Nummer der Wohnungsbaugenossenschaft.

Drinnen ist es ganz warm, ein Raum mit einem Bett, das immer mit weißer Bettwäsche überzogen ist, ein kleiner Tisch, auf dem dutzende Töpfe mit Sukkulenten und Kakteen stehen, unter einem gerahmten Poster mit den Worten: SOUND HAS NO PARENTS. Das ist von einer Partyreihe, die ein Freund von Ben veranstaltet hat.

Ben kommt frisch und dampfend, ein Handtuch um die Hüften gewickelt, aus dem Badezimmer und versucht dabei auszusehen wie ein italienischer Mafia-Boss, der gerade seiner privaten Saunalandschaft entstiegen ist.

Seiner Körpertemperatur nach zu urteilen muss er sehr lange in der heißen Badewanne gelegen haben. Ich habe zwei Bier mitgebracht, die ich in der Küche öffne und er holt tatsächlich zwei runde Kork-Untersetzer, damit sie keine Spuren auf dem nackten Glas seines Nachttisches hinterlassen.

Ich mache wie immer ein paar Bemerkungen zu den Pflanzen und der Aussicht. Ich sage, dass ich gerne umziehen würde. Er drückt mich während ich rede, zieht meine Jacke aus und unterbricht meine Sätze mit Küssen. Ich hole jedes Mal Luft, um weiterzureden. Aber er drückt jetzt eine Hand gegen meine Brust. Und dann kann ich mich schon wieder nicht wehren, weil ich so selten angefasst werde, dass mein Körper sofort explodiert. Er zieht mir alles aus, liebevoll, aber auch irgendwie professionell und wirft mich aufs Bett. Wenn wir Sex haben, ist alles ganz selbstverständlich und er vollkommen selbstbewusst, aber das ist er eben nur beim Sex. Wir küssen uns wie zwei verlorene Kätzchen.

»Schlaf bitte mit mir!«, flüstere ich.

»Ich hab keine Kondome.«

Also wühle ich durch meinen Rucksack, aber finde nichts außer einer Packung Aspirin Plus C. Wir kommen gleichzeitig, nebeneinanderliegend, die Hand zwischen den Beinen des anderen.

Ich stehe auf, gehe nackt zum Fenster und schaue über die Stadt, die sich ständig sanft bewegenden Lichter. Ben zieht unterdessen die Bettwäsche ab und steckt sie in die Waschmaschine. Ich fasse in die Federdecke.

»Die ist aber auch ganz nass«, sage ich.

Er schaut mich leicht panisch an: »Wo denn?«

»Hier!« Ich lache ihn aus. Er macht einen Schritt nach hinten und wirft dabei mein alkoholfreies Bier um, welches sich in einem riesigen Schwung über die weiß verputzte Wand ergießt und dann auf dem Boden landet.

»Verdammt. Marla. Du bringst Unglück!« Er ist jetzt richtig wütend, holt den Computer und googelt »Bierflecken Wand entfernen«.

Ich bin verletzt, lasse mir aber nichts anmerken. Ich weiß, dass er es nicht so meint. Ben ist Amerikaner. Er hat auf einer Ivy-League-Uni in den USA Filmwissenschaft studiert, dann kam er nach Berlin und fing an, mit Drogen zu dealen. Er ist total verliebt in das Bild des halbstarken, halbkriminellen Italo-Mannes. Und war immer stolz darauf, nichts Intellektuelles zu machen, sondern eher so eine Art Handwerk. Nachdem ihm das Dealen zu aufreibend wurde, eröffnete er einen Strip-Club, der jetzt nach drei legendären Jahren dichtgemacht hat. Mittlerweile organisiert er nur noch sporadisch Privat-Partys für vermögende Unternehmer, die, vom Leben gelangweilt, sich etwas Avantgardistisches mit Kunst und Techno wünschen. Er trägt immer ein dickes Silberarmband, auf dem sein Name eingraviert ist: Ben D'Aiello. Und einen Ring aus Silbergliedern und einer kleinen Plakette mit seinen Initialen. Wir hatten uns vor ein paar Monaten kennengelernt, als er auf Craigslist jemanden mit Deutschkentnissen suchte, der ihm beim Ausfüllen seiner Visa-Papiere helfen konnte.

»Bleibst du über Weihnachten auch in Berlin?«, frage ich, hoffend, dass er mir anbietet, Heiligabend zusammen in seinem kleinen weißen Bett zu verbringen.

»Ja, klar. Glaubst du, ich fliege heut Nacht noch über den Atlantik? Ich war schon seit sieben Jahren nicht mehr bei meiner Familie …«

»Warum nicht?«

»Lange Geschichte. Willst du dich nicht lieber selbst interviewen? Du stellst zu viele Fragen, Marla.«

»Was hast du mit deinen Händen gemacht?« Seine Fingerknöchel sind von Schürfwunden überzogen. Ich sehe das erst jetzt.

Ben lacht dröhnend, es klingt leicht metallisch, weil es kein echtes Lachen ist.

»Lange Geschichte … Nicht besonders interessant.«

»Sehen wir uns morgen Abend? Es ist Weihnachten!«

»Nein, auf keinen Fall. Ich bleibe zu Hause.«

»Ja, Ben. Wie immer …« Ich werfe ihm einen vielsagenden Blick zu. Da ist nichts zu machen. Da wird nichts mehr passieren. Das ist ganz klar.

Ben bringt mich zur U1, damit ich die letzte Bahn nach Hause nehmen kann.

»Komm doch mit zu mir!«, flehe ich augenflatternd.

»Nein, ich kann nicht, ich habe noch Bettwäsche in der Waschmaschine …«

Zu Hause angekommen setze ich mich auf das neue geblümte Schlafsofa, das meine Mutter mir vor einiger Zeit geschenkt hatte. Wir hatten es im Onlineshop zusammen ausgesucht und sie hatte es bezahlt.

Durch die Tränen schaue ich aus dem Fenster. Fast alle Häuser ringsum sind dunkel, nur ein paar Lichterketten und Weihnachtssterne leuchten noch und die Kabine des gläsernen Fahrstuhls im Vorderhaus. Ich weiß, dass Ben jetzt auch in seiner Wohnung sitzt und aus dem Fenster schaut. Wahrscheinlich weint er. Vielleicht ist das Weinen aber auch auf halber Strecke, auf Höhe der Brust steckengeblieben. Das passiert oft. Und ist viel schlimmer als das Weinen selbst, denn von dort breitet sich dann ein taubes Gefühl auf den ganzen Körper aus. Es drückt das Herz von allen Seiten in die hinterste Ecke der Rippen, es flimmert über die Stirn in den Kopf hinein, als hätte jemand mit einer Betäubungsspritze direkt das Gehirn getroffen, es legt sich sanft über die Lippen, so dass sie kein einziges Wort mehr formen können, es zieht sich die Arme hinunter bis in die Hände, die sich gegenseitig umklammern, die Fingernägel in die jeweils andere Hand bohrend, um sich zu vergewissern, dass sie noch da ist, aber dabei irgendwie ins Leere fassen.

In den letzten Monaten ist etwas passiert. Etwas ist verschwunden und etwas anderes ist aufgetaucht. Das ganz große Versprechen, das immer in mir schlummerte, etwas, das auf Erlösung hoffte, ein Wunder, ein unsinniger und irrsinniger Antrieb, eine naive Hoffnung, eine Frage – das gibt es nicht mehr. Es wurde ersetzt durch eine blanke tiefe Traurigkeit, ein seltsames Wohlgefühl und eine Art Langeweile.

Denn auch wenn bei Gefühl 1 der Boden immerzu schwankte, gab es eine Intensität der Dinge, einen Zauber. Gefühl 2 brachte die Gewissheit, dass sich das Versprechen niemals einlösen wird, dass es keine andere Welt gibt als diese eine, weshalb man sich mit ihr arrangieren muss, dass man aber auch *nein* sagen darf. Und trotzdem nicht aus der Welt fällt.

Alles in allem – extrem verwirrend.

Es tut weh, von Gefühl 1 Abschied zu nehmen, auch wenn Gefühl 2 sagt, dass Gefühl 1 eine beschissene Illusion war. Denn mit Gefühl 1 war alles übersichtlicher, man konnte Dinge, Menschen und Orte verachten oder verehren. Gefühl 2 ist ein Mischmasch. Es ist also nur ein Leben. Sonst nichts. Ich ekele mich kurz vor mir selbst. So eine langweilige Person bist du also geworden. Herzlichen Glückwunsch, Marla.

Ich weiß nicht, was ich mit mir anfangen soll und beiße meine frisch lackierten Nägel der Reihe nach etwas kürzer. Bis dahin, wo es anfängt, roh zu werden und man den Beginn der Fingerkuppenhaut wie Tesafilm abziehen kann. Es fühlt sich richtig unangenehm an. Ich sollte mir wieder einen Fernseher zulegen, aber dazu ist es jetzt zu spät, mitten in der Nacht. Also fahre ich mit dem Fahrrad in die Urbanstraße, zum *Ficken 3000*. Das ist eine kleine Schwulenbar, wo heute Abend ein DJ namens *Lotus* auflegt.

Es sind nicht viele Bekannte da. Nathan, ein schönes Milchgesicht, begrüßt mich. Er ist der Lover des DJs, wie ich von Instagram weiß, und sieht irgendwie graziös aus mit seinen aufgeknöpften Adidas-Trainingshosen und dem silbernen, tief dekolletierten Trägertop.

Ich frage ihn, ob alles okay sei, denn ich hatte am Nachmittag auf Facebook gelesen, dass er und sein Bruder von einem Schwulenhasser angegriffen worden waren. Er nickt sanft: »There is so much love. It neutralizes the hate.« Das scheint gerade ein Gesellschaftsprinzip zu sein. Ich rege mich kurz auf, weil ich mich an einen Kommentar erinnere, den ein Freund von mir kürzlich gepostet hatte: Dass man sich halt nicht zum Opfer machen, sondern lieber Krav Maga lernen sollte. Ich halte das für gewaltigen Schwachsinn. Max, der das gepostet hat, ist auch schwul, gibt es aber nicht so richtig zu, zumindest will er es nicht zum Thema machen.

Nathan zieht mich mit seinen langen schlanken Fingern in eine Ecke. Er hat gelblich blondierte Haare, die er glatt nach hinten gegelt trägt. Sein schönes kantiges Jungengesicht ist dramatisch geschminkt. Vor ein paar Monaten, als ich ihn das erste Mal gesehen habe, hatten seine Züge noch etwas ganz Kindliches. Jetzt hat er sich einer Rolle hingegeben. Oder vielleicht einfach eine Entscheidung getroffen. Seine Hände sind feucht und kalt.

»Schau mal, unsere Fingernägel passen total gut zusammen. Wir sind ein Fashion Match!« Helltürkis und sonniges Orange.

»Naja, hoffentlich nicht nur das …«, seufze ich.

»Aber immerhin! Komm, mach mal ein Foto von unseren Händen für Instagram.«

Ich hole wirklich mein iPhone raus und knipse unsere Finger, die sich jetzt liebevoll für das Motiv ineinander verkrallen. Nathan presst meine Hand gegen sein Herz.

»Das schlägt aber ganz schön schnell …«, schreie ich ihm ins Ohr.

»Ja, Amphetamine.« Als er merkt, dass ich ihn schräg anschaue, schiebt er beteuernd nach: »Die sind gut für mich!«

»Und was hast du dir für das neue Jahr vorgenommen?« Nathans Augen sind so tiefschwarz, als würden sie jeden Moment nach innen fallen. Ich traue mich kaum, ihm ins Gesicht zu schauen, weil ich Angst habe, sie könnten mich mitreißen.

»Ich folge weiterhin den positiven Energien. Ich werde weniger Playback singen. Ich möchte mit den richtigen Menschen an den richtigen Orten sein und ihnen etwas zurückgeben von dem Leuchten, das sie mir durch ihren Support schenken. Und du?«

»Ouf. Ich weiß nicht. Einen Job finden? Ein normales Leben? Was immer das sein soll. Sowas.«

Aber Nathan hat sich schon weggedreht. Er schmiegt sich an einen viel kleineren dunkelhäutigen Mann und macht ein paar Selfies von schräg oben.

Ich gehe zur Bar und bestelle mir ein alkoholfreies Bier. Ein Mädchen mit einladenden Augen und einem warmen Mund lächelt mich an: »Hey, I know you!«

»Mhhh. Maybe from the internet?«

»Ja, maybe … I'm Vela.« Sie fragt mich, ob ich auf Mädchen oder auf beides stehen würde. Ich sage, obwohl ich es nicht weiß und obwohl ich noch nie was mit einem Mädchen hatte: »Beides.«

Sie schaut auf mein Bier: »Jever Fun! What's your star sign?«

»Virgo …«

»That's interesting.« In letzter Zeit versuchen die Leute, alles auf Sternzeichen zu schieben. Vela nickt, als hätte sie mich jetzt schon vollständig begriffen. »I'm pisces and he's …« Sie deutet auf den Typen neben ihr. »You should go to the darkroom. It would be good for you.« Sie lacht mich an.

Auf einmal steht Lorenz neben mir. Ich kenne ihn von der Uni, aus der Philosophievorlesung. Ich hatte mich nach der zweiten Woche schon wieder exmatrikuliert. Sobald ich Universitätsgebäude betrete, werde ich so müde, dass ich nicht mehr denken kann. Er hat gerade seine erste Seminararbeit über Sprechakttheorien abgegeben.

Die Begrüßung verläuft wie immer. Er sagt: »Na, was geht«, ich versuche, ihn zu umarmen, er macht währenddessen einen Schritt zurück, sodass ich durch meinen Umarmungsversuch fast umfalle, er streckt mir die Zunge raus, schaut zu Boden und schiebt mir dann in Jungsmanier eine geballte Faust entgegen, die ich wiederum nicht beantworte und mich entziehe. Ich halte ihm meinen rechten Mittelfinger entgegen, was ihn nicht besonders zu irritieren scheint.

»Ich gehe mal tanzen«, sagt er.

Ich renne ihm hinterher.

Lorenz holt eine Mentholzigarette raus. »Die sind aus Wien. Da sind so kleine Kapseln drin, die man zerdrückt.« Ich nehme einen Zug und tatsächlich schmecken sie sehr frisch nach Menthol und Rauch, nicht so nach verbranntem Eukalyptus wie die anderen Zigaretten, die er immer raucht. »War schön da. Die Stadt roch nach Parfum. Berlin stinkt immer nur nach billigem Deo.«

Lorenz ist klein, blass, trägt eine runde Brille und fluffige Streetwear-Klamotten. Er ist wahnsinnig hübsch. Er sieht ein bisschen aus wie Winona Ryder als Junge.

»Kanntest du das Mädchen eben?«, fragt er.

»Nee …«

»Du bist echt so ein sozialer Schmetterling, Marla …«

Ich lächle gequält.

Ich kann auf- und zuklappen wie ein Butterfly-Messer. Die letzten Nächte war ich zugeklappt. Ich habe mit Kopfschmerzen im Bett gelegen und eine Folge *Mad Men* nach der anderen geschaut, zwischendurch ein paar Pornos. Und habe mir vorgestellt, wie es wäre, einen richtigen Job zu haben. Ein ganz normales Leben, so wie Peggy, die Sekretärin von Don Draper.

Ich sage: »Manchmal hätte ich gern ein ganz normales Leben.«

»Und was wärst du dann gerne, in deinem ganz normalen Leben?«

»Arzthelferin«, sage ich. »Und du?«

»Ich glaube, ich habe ein ganz normales Leben. Ich lese gerade eine 500-seitige Doktorarbeit Korrektur. Total ätzend. Ich hab mir die Uni anders vorgestellt …«

»Ich kenne niemanden, der die Uni inspirierend findet. Außer Idioten.«

Während ich mit Nathan tanze, hat sich ein nackter Mann mit einer schwarzen Augenbinde neben uns aufgebaut. Er hat seinen schlaffen Schwanz in der Hand und versucht zu onanieren, im Rhythmus der Beats bewegt er sich, er müht sich richtig ab, es hat etwas Verzweifeltes. Ich hole schnell meine Jacke aus seiner Reichweite und stopfe sie zwischen zwei Jungs in der Eckbank. Sie nicken mir bestätigend zu. Ein anderer hübscher Junge tanzt jetzt mit uns. Er kommt aus Israel. Auch ein DJ. Ich erzähle ihm, dass ich bei meinem letzten Besuch in Jerusalem zusammengeklappt bin. Die Gassen waren überflutet von Menschen, verklebt, wie die ganz dünnen Kerzen, die man dort anzündete zum christlich-orthodoxen Osterfest, dazwischen bewaffnete Soldaten und meine Reisebegleitung, die mit jedem Straßenhändler flirtete.

Er nickt. »Ja, many people go crazy there … It's intense. Das nennt man wohl Jerusalem-Syndrom. Ich arbeite jetzt am Flughafen Tegel. In der Sicherheitsabfertigung. Ich habe einen guten Blick entwickelt für Menschen, die etwas zu verbergen haben.« Er grinst und ich fühle mich automatisch schuldig.

2. BOYS WILL BE BOYS

Heute ist Heiligabend. Vielleicht haben meine Eltern es sich ja doch anders überlegt. Ich öffne eine SMS meines Vaters. Haben sie nicht: ein Foto von meiner Mutter, die blass und missmutig auf einer Buddha-Statue in einem Spa-Retreat auf Sri Lanka sitzt, mein Bruder zieht eine Armlänge entfernt eine Grimasse, in der einen Hand hat er einen Drink, der mehr wie eine Vase voller Orchideen aussieht, und in der anderen ein kleines MacBook, das mit einer Mini-Kamera an seinem Polo-Shirt-Kragen verbunden ist. Diese Kamera nennt sich Memento und schießt alle 15 Sekunden ein Foto aus der Perspektive des Trägers.

Wir denken an dich. Hier gibt es keine Weihnachtsgans, nur Chicken Tandoori und sehr viel Sonne. Grüße & Küsse, Papa

Hier gibt es auch keine Weihnachtsgans, denke ich laut. Niemand, den ich kenne, ist in der Stadt geblieben. Alle sind zu ihren Familien in die Provinz gefahren.

Ich habe mich über eine Facebook-Gruppe namens Misfits and Orphans zu einem anonymen Weihnachts-Dinner angemeldet. Das Restaurant *Ming Dynastie* liegt direkt an der Spree. Drei fremde Jungs und ich sitzen an einem riesigen runden Tisch mit einer Drehscheibe in der Mitte. Von der Terrasse aus sieht man das graue schwere Flusswasser gegen die Ziegelwände der U-Bahn-Station Jannowitzbrücke klatschen. Auf der Brücke sitzen normalerweise immer ein paar stumme Meditations-Demonstranten im Schneidersitz und proklamieren ein freies Tibet. Aber heute ist alles ganz leer. Es hat etwas von einem Geheimort aus einem Haruki-Murakami-Roman. Inklusive dem Kellner in gelber Polyester-Seide mit seinem schmierigen Lächeln, das wie eingefroren scheint.

Einer der Jungs, Dylan, trägt eine Hose, auf der dutzende Flicken aufgenäht sind. *Boys will be Boys. Love me. Trust me.* »Das ist digitale Stickerei!«, erklärt er mir. Auf der Rückseite seiner sandfarbenen Bluse ist ein Aufnäher mit der Aufschrift *»Is that a boy or a girl?«* Ich glaube, er hat die alle selbst gemacht. Vermutlich sollen sie irgendeine Form von Genderverwirrung ausdrücken oder eher eine Harmonisierung. Er trägt lila Kaschmirsocken und schwarze extravagante Turnschuhe, die ein bisschen wie Raumschiffe aussehen. Er kommt aus Toronto, aber hat Textildesign in Savannah studiert. Dort legen sie beim Kaffeetrinken ihre Waffen auf den Tisch.

Billy, ein kanadischer Pop-Musiker, beschwert sich, dass man in Berlin nicht einkaufen könne. Es sei billiger, mit easyJet nach London und wieder zurückzufliegen, wenn man neue Turnschuhe braucht. Ich sage, mir sei das alles egal, ich würde sowieso nur auf eBay bestellen. Während Billy die Dumplings und das gebratene Lamm mit Wasserspinat lobt, denke ich an meine Oma und an Hirschgulasch.

Ich sage praktisch kein Wort während des Essens, was

aber nicht weiter auffällt, da es für Billy vollkommen ausreicht, wenn er ein Publikum hat. Er redet einfach sehr gerne.

Nach dem Essen fahren wir mit der U8 zum Kottbusser Tor. Nur noch ein paar Dealer sind unterwegs. Im achten Stock, direkt in einem der weißen Riesengebäude, wohnt Mikky, der dritte Junge, zusammen mit Dylan in einem ehemaligen heruntergekommenen Studio eines bekannten Post-Internet-Artist. Als wir über den Gang gehen, der wie ein Balkon zum Kottbusser Tor hin geöffnet ist, frage ich mich, wie es wohl wäre, sich da runterzustürzen. Und füge im Kopf eine Stecknadel zur Karte »sicher springen« hinzu. Sehr sicher. Ich sage zu Dylan: »Hier klingeln bestimmt oft fremde Leute, um sich von der offenen Balustrade zu stürzen … Achter Stock ist todsicher.« Er grinst mich vollkommen unschuldig und etwas empört an: »That's really dark, dawg.« Er nennt alle Leute »dawg«. Egal, ob Mädchen oder Jungs. Ich glaube, es kommt aus dem Hip-Hop, aber ich traue mich nicht zu fragen. Nur Hunde würde er niemals »dawg« nennen, sagt er.

Wir betreten die Wohnung. Rechts eine kleine Küchennische, wo sich verkrustete Pizzakartons und hunderte von Bierflaschen türmen, links Mikkys Schlafzimmer, das genauso groß ist wie das Bett darin, im Raum dahinter befindet sich eine Art Studio mit grauem Linoleumboden, bestückt mit einem Sofa, ein paar auseinandergefalteten Kartons und einem Regal, wo Dylans Arbeitsmaterialien, Wolle, Kordeln, verschiedene bunte Gewebe, einsortiert sind. Ein paar frische Siebdruckmuster liegen zum Trocknen aus. In einer Styroporplatte auf dem Tisch stecken schwelende Räucherstäbchen. Fast ein Adventskranz, denke ich. Dylans Bett steht hinter einem selbstgebauten Paravent.

»Letztens im Fahrstuhl, da haben wir diese Kiste transportiert. Eine ganz normale Kiste mit diesem FRAGILE Zeichen auf der Seite, und da waren ein paar Typen mit uns im Fahrstuhl, die sich gar nicht mehr einkriegen konnten, weil sie dachten, dass da eine Bombe drin ist. Was denn diese Zeichen bedeuten würden, fragten sie ständig.« Dylan lächelt sehr süß, er kneift dann die Augen zusammen und kriegt ganz tiefe Grübchen auf den Wangen. Ich stelle mir kurz vor, wie wir beide, verheiratet, in weißen Polo-Hemden über einen weiten grünen Golfplatz laufen. Aber ich lasse mich garantiert nicht mit einem Typen ein, der seinen ganzen Körper mit Slogans plakatiert hat und seit zehn Jahren jeden Tag kifft. Oh nein.

»Du bist drogenabhängig«, sage ich. Er schaut mich kurz erstaunt an, lächelt dann aber gleich wieder.

»Im neuen Jahr weniger Drogen! Auf jeden Fall kein Kokain mehr.« Er zieht seine North-Face-Daunenjacke aus, das »North« hat er mit einem »Love Me«-Batch überklebt, daneben hat er ein paar regenbogenartige Stränge gestickt, die aber auch sturzbachartige Tränen sein könnten: *Love Me Face.*

Dieses Gesicht hätte er mal für sich behalten können.

Wir quetschen uns alle zusammen auf das vollkommen zerstörte schwarze Ledersofa. Es gehörte dem Künstler, der vorher hier gearbeitet hat, und stellt für Mikky und Dylan so etwas wie ein Heiligtum dar. Dylan sitzt fast auf meinem Schoß, was sehr angenehm ist und zeigt mir auf dem iPhone seinen Instagram-Account, als würden wir ein Fotoalbum durchblättern. Es gibt vor allem Fotos von Mikky. Auf einem Foto sieht man ihn in einen riesigen weißen Bettdeckenkokon eingewickelt, wo er aussieht wie ein riesiges liebliches Insekt, aber es gibt auch grinsende Frontal-Aufnahmen. Mikky hat einen riesigen Mund, in dem riesige Zähne seltsam aneinandergereiht sind. Am Anfang des Abends war Mikky sehr schweigsam. Jetzt, nach einem Liter Sake und diversen Bieren blüht er auf und seine Augen bekommen einen wunden Glanz. Wenn ich Dylan und Mikky so beobachte, bin ich mir nicht sicher, ob ich jemals einen richtigen Freund hatte.

Dylan streichelt zwischendurch seine Adipreme-Turnschuhe. Wahrscheinlich ist er gar kein Fashion-Victim, sondern entwickelt allgemein einfach sehr viel Hingabe zu Dingen.

Mit der gleichen Zärtlichkeit zieht er irgendwann hinter seinem Paravent einen dicken Bildband des Hut-Designers Philip Tracey hervor, bei dem er letztes Jahr ein Praktikum gemacht hat. Darin zu sehen sind verschiedene Prominente, aber auch Models, die Traceys Hutkreationen tragen. Dylan streicht mit der Hand verliebt über die glatten Seiten: »Ist das nicht Wahnsinn?« Ich habe schon lange niemanden mehr gesehen, der beim Anblick eines Buches solche Gefühlsausbrüche bekommen hat.

Auf vielen Bildern ist auch eine Freundin des Designers abgelichtet: Diana. »Sie hat sich umgebracht.« Dylan senkt die Stimme. »Sie dachte, sie sei nicht cool genug. Es ist nicht zu fassen, dass jemand sowas denkt …«

Ich sage leise: »Wahrscheinlich hat sie sich trotz der

bunten Hüte einfach sehr einsam gefühlt.« Aber niemand hört mich.

»Und das ist Traceys Hund *Mister Pig*. Er ist auch tot mittlerweile, hat in Japan aber angeblich einen eigenen Fanclub. Er sieht aus, als hätte er eine richtige Persönlichkeit.«

»Wer weiß, vielleicht haben sie den in Japan auch geklont, und es gibt mittlerweile eine ganze *Mister-Pig-Rudel-Community* …«

»Wir googeln das mal.«

Sobald der Laptop aufgeklappt ist, hat er *Mister Pig* aber schon wieder vergessen und startet ein YouTube-Video von einem fünfjährigen DJ. Dann schauen wir uns ein paar Interviews von Karl Lagerfeld an, den alle wahnsinnig smart und innovativ finden, und ein Video von ein paar Straßenjungs aus Südafrika, die einen seltsamen Tanz entwickelt haben, der aussieht, als wären ihre Körper liquide.

Zum Abschied bringt Dylan mich vor die Tür. In einem kleinen Blechbüchsen-Container auf der Fensterbank brennt eine Sandelholz-Kerze. Es ist ein bisschen kühler geworden. Dylan legt mir seine Jacke über die Schultern. Als ich ihn umarme, rieche ich, dass sein Körper den gleichen samtenen Sandelholz-Geruch ausströmt.

»Krieg ich einen Kuss?«

Er grinst und schüttelt den Kopf. »Geduld, Marla. On New Year's Eve, ok?«

Ich will eigentlich gar nicht gehen, aber bleiben kann ich auch nicht. Als ich zu Hause ankomme, habe ich eine Nachricht von Dylan auf dem Screen.

That was nice. We should hang out more.

Von einem kleinen warmen Schauer umgeben, krieche ich unter die Bettdecke.

Am nächsten Tag sind wir in einem koreanischen Restaurant am Kottbusser Damm verabredet. Ich fühle mich wie hinter einer dicken Nebelwand und höre mich leicht versetzt reden, als würde ich meinem eigenen Echo zuhören, aber Dylan scheint es nicht zu bemerken, weil er sowieso noch im schlimmsten Kokain-Hangover steckt.

»Was ist dein Spirit Animal, Marla?«

»Also, ich glaube Jaguar.«

Er schaut mich schief an.

»Oder denkst du, Dackel? Du kennst mich ja gar nicht … Was ist denn deins?«

»Dachs und Bär. Ich bin Pazifist und jüdischer Anti-Zionist.«

»Okay …« Ich weiß nicht, was ich sagen soll. Für mich gibt es keine Bezeichnung. Oder habe ich einfach nur keinen Standpunkt? Tatsächlich habe ich gerade gar keine Ahnung, wo ich hingehöre, wer ich bin, was ich mit meinem Leben machen soll, ob alles eine Lüge ist oder ob ich eine Lüge bin. Das neue Jahr steht vor der Tür. Es gibt jetzt keinen Weg zurück mehr.

Die Wand zwischen Dylan und mir wird immer dicker, und ich bin mir selbst so peinlich, dass ich kaum noch sprechen kann.

»Ich hab solche Angst vor allem«, sage ich. »Ich schaff das nicht.«

»Come on, Marla. Du bist der einzige nüchterne Mensch, den ich kenne und du hast so viele Möglichkeiten.«

»Ja, genau! Wie angsteinflößend ist das denn! Was ist,

wenn ich diesen Möglichkeiten niemals gerecht werden kann?« Ich stochere in meinem koreanischen Hot-Pot-Gericht, fettiges Rindfleisch, drei kleine Pilze und ein Haufen aufgeweichter Glasnudeln.

»Kann ich deins mal probieren?« Dylan hat eine feuerrote Brühe bestellt. Er schiebt mir ganz selbstverständlich seine Schale rüber. »Einmal in New Orleans habe ich Meeresfrüchte in dieser Chilisauce gegessen, und ich zerhacke gerade so einen Hummer, da schießt diese Brühe aus dem Tier raus und direkt in mein Auge, ich dachte ich würde für immer blind sein … Kennst du südamerikanisches Essen?«

»Nein.«

»Corn bread? Noch nie gegessen?«

»Nein.«

»Oh, Marla.«

»Ich habe Reiseangst … An was genau arbeitest du eigentlich gerade?«

»Für dieses britische Modelabel. Alle Jungs, die für die arbeiten, sehen gleich aus. Sie sind hübsch, tragen schwarze Trainingshosen und schwarze Bomberjacken. Ich stelle gerade eine Substanz her, die aussieht wie Schlamm. Wir machen so verschiedene Kollektionen, die sich an verschiedenen Fetischen orientieren. Und meine basiert auf Schlamm-Pornos.«

»Aha, und aus was ist der Schlamm jetzt?«

»Aus Kunststoff, aber er sieht nicht richtig echt aus …«

»Warum nehmt ihr keinen richtigen Schlamm? Das Zeug zieht doch sowieso niemand an, oder? Ich glaube es gibt sogar so eine Art Schlamm-Spray für Geländewagen, die nur in der Stadt unterwegs sind. Damit es so aussieht, als ob sie auch mal in der Natur waren.«

Dylan sagt nichts. Er ist in Gedanken versunken. Als wir rausgehen, fällt mir auf, dass er ein bisschen humpelt, wenn er läuft. Was ziemlich süß ist.

Ich verbringe die nächsten Tage allein in der Wohnung. Jenna schickt mir Schnee-Fotos aus Finnland. Am liebsten liege ich auf dem Boden, auf einem alten Lammfell. Matratzen sind mir generell zu weich. Doch meistens, wenn ich auf dem Lamm gerade in einen Traum gleite, wache ich doch auf von meinen schmerzenden Knochen und gehe wie ein normaler Mensch ins Bett.

Aus dem Küchenfenster sieht man den trägen grauen Landwehrkanal. Die Möwen, die den Winter hier verbringen, fliegen aufgeregt über das Wasser. Direkt vor dem Haus steht die größte Trauerweide der Straße. Vielleicht die größte, die ich je gesehen habe. Dylan meinte, als er mich vor der Haustür abgesetzt hatte: »ein Pocahontas-Baum«.

3. WAS UNS VERBINDET

Am Silvestermorgen finde ich in meinem Facebook-Postfach eine Einladung von einem Schulfreund aus dem Gymnasium für ein Silvester-Dinner. Ich bin so schlecht gelaunt, dass ich am liebsten absagen würde, aber ein letztes Fünkchen Überlebenswille und die Vorstellung einer sich endlos dehnenden einsamen Nacht voller Gedanken bringt mich schließlich doch dazu, »Teilnehmen« anzuklicken.

Ich ziehe ein schwarzes Seidenkleid mit einer 20er-Jahre-Taille an. Auf einmal sehe ich im Spiegel aus wie eine Jura-Studentin auf dem Weg zum Semesterball. Alle anderen Menschen, die ich kenne, sehen immer aus wie sie selbst, nur an mir ist irgendwas komisch. Verändere ich ein Detail, sehe ich aus wie ein komplett neuer Mensch. Aber irgendwie scheint mich meine Umwelt ja trotzdem wiederzuerkennen.

Ich bin ich, weil mein kleiner Hund mich kennt.

Es klingelt an der Tür. Mein Herz bleibt kurz stehen. Wer soll das sein?

»Hallo?«

»Hey, it's Jenna. I lost my key … and came back earlier …«

Jenna stapft auf unfassbar hohen Plateaustiefeln in die

Wohnung, sie ist körperlich immer ein bisschen zu nah dran an einem. »Du siehst irgendwie … sehr … elegant aus. Was machst du heut Abend?«

»Ähm, danke, ich muss leider los.« Ich ziehe einen viel zu großen Leopardenplüschmantel über, der mich von der Jura-Studentin in eine geschmacklose Hausfrau verwandelt, und renne los.

Marek öffnet die Tür seiner Wohnung. Er trägt eine helle Baumwollmütze auf dem Lockenkopf, so wie Boyband-Mitglieder in den 90ern.

Ich war in der 10. Klasse wahnsinnig verliebt in ihn. Wir waren zusammen in der Theater-AG, er Romeo, ich Julia, und ich dachte, er wird mal ein bekannter Regisseur oder so eine Art Berliner James Dean. Ich hatte damals aus Versehen mit Mareks bestem Freund anstatt mit ihm geschlafen, weil dieser durchsetzungsfähiger war. Um Marek hätte ich mich nämlich bemühen müssen. Keine Ahnung, wie er mich eigentlich fand. Seine erste Freundin war eine massive, sportliche Frau mit großen Brüsten, wie aus einer Wagner-Oper. Daraus schloss ich, dass ich eigentlich sowieso nicht sein Typ war.

Im Grunde bin ich nur wegen ihm nach Berlin gezogen. Obwohl mir klar war, dass wir uns wahrscheinlich nicht einmal zufällig über den Weg laufen würden. Es war eher eine symbolische Entscheidung aus Zuneigung. Jetzt arbeitet er in einer Agentur für Branding. Und scheint sich immer ein bisschen zu schämen, wenn wir uns sehen.

»Immerhin ziehe ich jedes Jahr in eine größere Wohnung.« Er lächelt sarkastisch und führt mich eine Runde durch das frisch sanierte Penthouse, das in jedem Raum eine andere Wandfarbe hat, teilweise mit schwarzen Umrisszeichnungen von bekannten Comic-Charakteren bemalt. Tim und Struppi im Schlafzimmer, die Mumins in der Küche. Dort sitzen schon ein paar Leute an einem großen massiven Esstisch und schaukeln Wein in ihren Gläsern. Marek stellt mich kurz mit hochgezogener Augenbraue vor und überlässt mich dann der Gesellschaft.

»Warum hast du dieses Hemd bis zum obersten Knopf zugeknöpft, Amigo? Dahinter steckt doch eine Aussage.« Mirko, ein schwuler Copywriter, der für Rocket Internet arbeitet, ursprünglich aus Marzahn stammt und ein Faible für Bodybuilding hat, greift nach dem Jeanshemdkragen eines kleinen mexikanischen Schauspielers.

»Also, eigentlich mag ich es einfach in *diese* Art.«

»Nein, niemand macht irgendwas aus Zufall. Es ist immer eine Intention dahinter.« sagt der Copywriter.

»Also ich glaube, ich mochte einfach den letzten Knopf an meinem Kragen«, kontert der Schauspieler leidenschaftlich.

»Ich finde es sehr, sehr schade, dass die ganzen jungen Männer, die von den Dörfern nach Berlin kommen, ihre Herkunft aufgeben und dann irgendwie als Toyboys im Berghain landen. Und sich dann so einer Szene unterordnen und ihre ursprüngliche Identität verlieren …«, sinniert der Copywriter.

»Ach, das ist aber ziemlich romantisch … Du musstest ja nicht auf dem Dorf aufwachsen«, werfe ich ein.

Mittlerweile haben sich alle an den Tisch gesetzt. Wir bekommen eine dünne Miso-Suppe serviert. Ein anderer Mexikaner rührt schweigend und voller Hingabe in einer riesigen Paella-Pfanne, die an eine externe Gasflasche angeschlossen wurde und irgendwie fehl am Platz wirkt in Mareks Hightech-Einbauküche.

Des Weiteren befinden sich zwei Journalisten und eine Regisseurin am Tisch, die sich zu ihren exhibitionistischen Neigungen bekennt und irgendwie angepisst aussieht.

Der mexikanische Schauspieler schaut auf sein iPhone: »In Dubai brennt ein Hochhaus ... Ohhhh Gott.«

»Ja, aber es ist niemand verletzt. Und es ist auch gar nicht das höchste Haus der Welt, sondern nur so ein Hotel.«

»Ich weiß. Aber es sieht toll aus. Wie in einem Hollywoodfilm. Die Flammen erleuchten so eine ganze Säule, und an den Seiten werden sie vom Wind rausgeblasen.« Der Mexikaner wird jetzt hysterisch: »Und in *Muuunchen* haben sie Terrorwarnung ...«

Es macht den Anschein, als wäre er in freudiger Erwartung eines ganz großen Dramas. Er reicht sein iPhone über den Tisch. »Schau, in *Munchen*! Oh, es ist schrecklich. Vielleicht sollten wir nicht die Haus verlassen heute Abend.«

Der andere schweigsame Mexikaner verdreht die Augen. »Ich ziehe sowieso bald wieder nach Mexiko. Berlin hat mich enttäuscht. Es ist irgendwie erkältet in den letzten Jahren.«

Ich denke den ganzen Abend heimlich an Dylan, obwohl ich das nicht sollte, weil ich mir ja vorgenommen habe, mich nicht wieder in die falschen Typen zu verlieben oder am besten generell mich überhaupt nicht mehr zu verlieben. Aber ich will ihn unbedingt noch einmal sehen. Das war schon immer so: Wenn ich es auf einen Jungen abgesehen hatte, konnte ich enorme Kräfte mobilisieren, ich bin dann besessen und nichts anderes interessiert mich mehr. Michelle Obama hatte gerade eine Rede gehalten, in der sie sagte, dass kein Junge der Welt es wert sei, das Leben für ihn aufzugeben. Sie wollte wohl Mädchen zum Studieren anspornen oder so. Aber bei mir ist es zu spät.

Nachdem der Jahreswechsel überstanden ist, verabschiede ich mich und versuche, ein Taxi mit einem leuchtenden Zeichen heranzuwinken. Ich vermute, dass Dylan auf einer Künstlerparty in der Gneisenaustraße steckt. Mein Handy vibriert. Ein Bild aus Sri Lanka. Feuerwerk mit Palme. »Marla, melde dich mal!« Mein Neujahrsvorsatz besteht darin, meine Eltern zu ignorieren.

Es hält kein Taxi. Die Straße ist gesäumt von betrunkenen jungen Menschen. Ein paar fragen mich, ob wir die gleiche Richtung haben und zusammen fahren wollen. Ich nehme einen roten Apfel aus meinem Rucksack, den ich gestern von einem fremden Mann geschenkt bekommen habe, und will ihn eigentlich auf der Straße zerschmettern, aber dann werfe ich ihn eher wie eine Bowlingkugel über den Mittelstreifen und er rollt die Kottbusser Brücke entlang, ich drehe mich schnell um, bevor ich sehen kann, ob er liegen bleibt oder von einem Auto zerschmettert wird, und gehe mit straffen Schritten zum Kottbusser Tor zurück, um die U-Bahn zu nehmen. Zwischen den Häusern hängt der Rauch von Silvesterraketen. Betrunkene müde Gesichter überall, ein paar Kids, die Böller in die U-Bahnschächte werfen und den Wartenden ein paar schrille Schreie entlocken. Einige Ecken an den Bahnsteigen sind vollgekotzt. Interessanterweise schaffen es die meisten Kotzenden immerhin noch, eine Ecke zu finden, bevor sie sich entladen. Ein Teenager küsst mich ungefragt auf den Hinterkopf. Die ganz Fertigen sitzen auf dem blanken Boden. Es wirkt nicht so, als hätte irgendjemand hier draußen wirklich Spaß. Eine Müdigkeit liegt in der Luft, eine Ergebenheit an die Gegenwart. Die Gesichter sind den Smartphones zugewandt. Niemand transportiert mehr Ghettoblaster, die Kids haben Kopfhörer auf.

In der U-Bahn sitze ich schräg gegenüber von zwei alten Paaren. Sie sind bestimmt schon 80, aber es sind die einzigen Personen, die so etwas wie Zufriedenheit ausstrahlen. Sie herzen sich zum Abschied, und der eine Herr sagt: »Aber ihr ruft noch mal kurz durch, wenn ihr zu Hause angekommen seid, ja?« Die andere alte Dame und ihr Mann nicken: »Selbstverständlich.« Wahrscheinlich stecken in ihren Jackentaschen kleine Marzipanschweine von der Silvester-Tischdekoration, über die sie sich am nächsten Morgen freuen werden.

Ich glaube, ich freue mich darauf, alt zu werden. Aber wahrscheinlich ist das auch nur eine Glorifizierung. Vielleicht werde ich gar nicht auf die Weise alt werden, wie die zwei Paare in der U-Bahn, sondern eher wie die Leute in der Werbung der Techniker-Krankenkasse, die als bloggende Singles in heruntergekommenen Wohnungen alleine Yoga vor ihrem Bildschirm machen, der immerhin mit ihnen redet. Ich würde dann immer noch wie 25 aussehen, mithilfe von Hyaluron und Botox, und auf dem neuesten Stand der Jugendkultur sein.

Ich laufe die Gneisenaustraße entlang, an Plakaten der Deutschen Telekom, die wohl für irgendeinen Roaming-

Tarif wirbt. Auf einem der Plakate steht in großen Lettern: WAS EUROPA VERBINDET. Darunter sind Sehenswürdigkeiten und markante Gebäude aller Metropolen Europas zu sehen. Sie bilden eine Art eigene Stadt, bestehend aus zwei Ufern, verbunden durch eine Brücke aus einem großen steinernen »T« der Telekom. Das Plakat strahlt etwas Klaustrophobisches aus, die rechteckige Fläche ist viel zu klein für den ganzen Ballast, die ganze Historie. Es ist ein Ort, an dem man definitiv nicht sein möchte.

Auch die Party-Wohnung von Julia und Nuno ist brechend voll, alle sind auf MDMA oder Kokain oder beidem. Dylan ist nicht da. Ich versuche, auf die Toilette zu gehen, aber keine Chance. Da ich den ganzen Abend Kaffee getrunken habe, um wach zu bleiben, muss ich so dringend pinkeln, dass ich irgendwann zwei Stockwerke nach oben gehe und in den Hausflur pisse.

Als ich wieder runterkomme, steht Dylan mit Mikky plötzlich vor der Wohnung. Sie haben die Arme voller Sternburg-Biere und mehrere Päckchen Zigaretten zwischen den Fingern stecken. Dylan hat wieder seine süße weiße Schirmmütze auf. Und schaut mich entgeistert an.

»What are you doing there? We were just gone for a minute to buy some beer and cigarettes …«

»Ja. That's how it goes. If you go to buy cigarettes, something bad happens. Das ist doch allgemein bekannt. Menschen, die Zigaretten kaufen gehen, kommen nie mehr wieder.«

Dylan lächelt traurig und unbeholfen. »Noooooo«, sagt er.

Ich komme ganz nah an ihn heran und wickle meinen Mantel enger um mich. »You promised me a new years hug …«

Er senkt seinen Kopf und küsst mich auf die Wange. Ich küsse ihn aufs Ohr. Er küsst mich auf den Mund. Wir öffnen die Münder nur ganz kurz. Er schmeckt bitter, meine Lippen fühlen sich sofort leicht taub an.

»Did you take Cocaine?«

»Ohhhh«, er errötet. Falls man unter Kokain überhaupt erröten kann. Auf jeden Fall schämt er sich verschmitzt in Richtung meiner Schulter und küsst mich jetzt auf mein Auge, da das Licht im Treppenhaus ausgegangen ist und wir keine Koordination mehr haben. Er drückt auf den Lichtschalter, aber da laufe ich schon die Treppe runter. »Text me when you are home«, ruft er.

Zwei Stunden später liegt er neben mir. »Can you turn off the lights please?« Seine Augen zucken so schnell und verkrampft, als würde ein Zug an ihm vorbeifahren.

»Eyes are so scary«, sage ich.

»Then don't look into my eyes. Sleep, Marla!«

Aber ich kann nicht schlafen. Ich versuche, ihn etwas rabiat zu küssen und streichle ihn auffordernd, aber er dreht sich weg.

Irgendwann schlafe ich ein. Am Morgen ist er abweisend. Er geht, ohne zu frühstücken.

»I really don't know why you like me. I'm a looser, you know.« Bevor ich etwas antworten kann, drückt er mich kurz und fest. »Take care, dawg.«

Gegen Mittag wache ich aus meinem Zweitschlaf auf. Das iPhone zeigt stur und unhinterfragbar den 1. Januar an. Ich mache ein Neujahrsfoto von mir. Vielleicht weiß Siri einen Rat.

»Siri, ich habe Liebeskummer.«

»Dagegen hilft nur Schokolade.«

»Aber mir ist übel!«

»Das tut mir sehr leid, Marla.« Woher weiß das Telefon meinen Namen?

Ich wanke in die Küche, dort steht Jenna, ganz in wallende Stoffe in Weiß- und Nude-Tönen gekleidet und schneidet sehr akkurat Gemüse klein. In verschiedenen Gefäßen sind Samen und Körner, die sie mit Wasser aufgegossen hat.

»Mir geht's so schlecht. Ich glaube, ich sterbe …«

Jenna schneidet ohne sichtbare Reaktion Paprika in Mikropartikel.

»Ja, wahrscheinlich das Wetter …«

»Ich glaube, ich habe Migräne.«

»Oh, that sucks! Ein Freund von mir hatte das mal …«

Ich renne ins Bad und kotze ziemlich lange und laut. Als ich zurück in die Küche komme, sitzt Jenna am Küchentisch mit einer Schüssel Buchweizen vor dem geöffneten Laptop und nimmt live an einer Konferenz über Theorien des Kuratierens teil. Man hört und sieht Leute an Schreibtischen überall in der Welt, die sehr professionelle Statements abgeben. Jenna setzt sich ein Headset auf und nickt und kaut. Zwischendurch wischt sie sich den Mund mit einem Geschirrtuch ab.

»Ich geh mal raus …« Sie kann mich unmöglich in diesem Zustand rausgehen lassen.

»Oh great, can you bring some Olive Oil?«

»Klar, falls sie an der Tankstelle sowas haben …«

»Gas Station? Oh maybe, wir warten lieber, bis der Bio-Markt wieder offen hat.«

4. THE DUSTY GLOW

Das Jahr beginnt gut. Ich hatte ein paar Tage gewartet und dann angefangen, Dylan aufmunternd-aggressive SMS zu schicken. Aber er war immerhin konsequent und antwortete nicht. Auch aus dem Geldautomaten kommt nichts raus. Weder die EC-Karte noch die Kreditkarte funktionieren mehr.

Mein Vater hat sich sicherlich gedacht, dass es eine wirkungsvolle Methode zur Kontaktaufnahme sei, mir einfach kein Geld mehr zu überweisen. Und meine Mutter hat ihn dabei sicherlich unterstützt. »Das Kind meldet sich ganz sicher, wenn es Geld braucht.«

Insoweit kann ich sie tatsächlich bestätigen. Ich schreibe meinem Vater sofort eine Mail: *Lieber Paps, frohes neues Jahr noch! Hast du vergessen, mir Geld zu überweisen?*

Er schreibt zurück. *Liebe Marla, wir, deine Mutter und ich, haben entschieden, dass du alt genug bist, deinen Lebensunterhalt selbst zu verdienen. Außerdem sind wir weder mit deinem Lebensstil (dein Bruder hat uns einiges erzählt), noch mit deiner Umgangsweise uns gegenüber einverstanden. Beste Grüße, Mama & Papa*

PS: Wir sind gerade wieder in Düsseldorf gelandet!

Mir wird übel. Die Mails meines Vaters klingen immer wie vom Notar und die meiner Mutter, als hätte sie eine Sozialpädagogin beauftragt, sie zu formulieren. Mit der zusätzlichen Bitte, in jedem zweiten Satz Muttergefühle auszudrücken.

Was soll ich jetzt machen?? Ich kann nicht überleben, wenn ihr mir kein Geld überweist!, texte ich meinem Vater zurück.

Das finde ich sehr schade, Marla, dass du so reagierst. Wie wäre es, wenn du morgen bei uns vorbeikommst?

Das werde ich auf gar keinen Fall tun. Ich merke, wie Panik in mir hochsteigt.

Es gibt in Berlin diese Paradoxie, dass Leute, wenn sie besonders pleite sind, besonders viel Geld ausgeben, denn wenn man kein Bargeld mehr kriegt, kann man immerhin noch eine Weile die Kreditkarte belasten, das heißt anstatt einen Falafel für 3,50 zu essen, geht man in den fancy Ramen-Laden und bestellt eine Suppe für 10,50 (10 Euro Mindestbestellwert bei Kartenzahlung). Oder man fährt Taxi anstatt U-Bahn, denn das kann man mittlerweile per PayPal bezahlen. Und bei PayPal gibt es eine Zeitverzögerung, es dauert also, bis die mitkriegen, dass die Karten nicht mehr gedeckt sind. Das macht am Ende natürlich alles nur schlimmer. Aber eben erst am Ende. Eine Weile hat man noch die Illusion, dazuzugehören.

Ich bin zwar einerseits panisch, andererseits aber bereitwillig, alles auszuprobieren, was das Leben mir vorsetzt und stelle mir vor, dass das damals im Krieg ähnlich war. In esse die Reste aus der Müslipackung. Milch haben wir keine mehr. Aber in der Küchenschublade finde ich noch einen Energy-Riegel. Raw Nuts, Physalis, Ingwer, Matcha. Und obwohl ich den eigentlich eklig finde, stopfe ich ihn mir rein.

Was macht man, wenn man Geld verdienen muss? Ich habe wirklich keine Ahnung. Ich laufe eine Weile durch die Straßen und schaue, ob irgendwo Schilder in den Läden hängen. Vor einem dänischen Modeladen in der Weinmeisterstraße bleibe ich stehen. »Aushilfe gesucht!«

Das Mädchen hinter der Kasse hat riesige Reh-Augen und langes glattes Haar bis zum Po.

»Hey, ihr sucht Aushilfen?«

»Ja …« Sie mustert mich skeptisch. Ich war nicht auf ein Vorstellungsgespräch vorbereitet und trage Jogginghosen und eine alte rosa Pelzjacke. Ich merke, dass sie versucht, meinen Style zu kategorisieren, aber das Rädchen in ihrem Kopf rastet nirgendwo ein.

»Oder muss man Model sein, um hier arbeiten zu können.« Ich grinse sie an.

»Nee. Gar nicht. Was machst du denn so?«

»Ich habe ein Philosophiestudium abgebrochen und jetzt hänge ich so rum und versuche rauszufinden, was ich will …«

»Mhhh. Also eigentlich nehmen wir nur Leute, die studieren oder schon ein abgeschlossenes Studium haben … Auslandsaufenthalte?«

»Mallorca, Lanzarote, mal eine Woche New York …«

Das Reh-Mädchen findet es nicht witzig.

»Ich meine, wie sind deine Fremdsprachenkenntnisse?«

»Ich kann einigermaßen Englisch, und Französisch ein bisschen …«

»Ja, dann passt du leider gar nicht auf das Job-Profil hier. Sorry.«

Ich wollte eigentlich sowieso lieber nicht den ganzen Tag in einer Art OP-Licht rumstehen und verschnittene

Pullover für fünfhundert Euro zusammenlegen. Ich verlasse den Laden und laufe zur Volksbühne. Dort setze ich mich an den Rand der Wiese und schreibe Lorenz, dem kleinen Hübschen aus dem Club, eine SMS.

Pure Verzweiflung. Was machst du?
Es gibt so ein Opening heute Abend. Komm!

Wir treffen uns in einem Ausstellungsraum in Kreuzberg, der in einer umgebauten Kirche untergebracht ist. Kunstbetriebsleute und Fashion-Kids drängen sich zwischen einer provisorischen Bar, wo es von Grey Goose gesponserte Wodka-Drinks gibt, und einer riesigen Vitrine.

Als ich Lorenz sehe, fange ich an zu schluchzen.

»Ich bin am Ende, Lorenz. Ich muss Geld verdienen.«

»Quatsch. Easy. Alle müssen Geld verdienen.«

»Nee, nicht alle.« Ich zeige auf zwei Mädchen, die beide ihre Trenchcoats geöffnet haben und sich gegenseitig die Innenlabel zeigen.

»Hey, was hast du gemacht in der letzten Zeit?« fragt die eine.

»Ach, das ist ja schon so lange her, dass wir uns gesehen haben, das kann ich gar nicht mehr nacherzählen.«

Eine schwedische Künstlerin kommt zu uns und berichtet von ihren neuen Haustieren, den Slime Moles. Eine durchsichtige Glibber-Kultur, die sie extra in Kalifornien bestellt hat.

Lorenz boxt mich in die Seite.

»Ich hab mir die Skulptur irgendwie größer vorgestellt …«

»Welche Skulptur?«

Wir laufen an der Vitrine vorbei und tatsächlich, ganz in der Ecke steht eine Miniatur, der niemand Beachtung schenkt.

Ein elegant gekleideter Journalist wendet sich uns zu. Er heißt Holger und schreibt für eines der wichtigsten Avantgarde-Mode-Magazine namens *The Dusty Glow*.

»Oh, Marla! Wie schön.«

Alles, was er sagt, klingt leicht zynisch, selbst seine Begrüßung.

»Diese Bars, diese Menschen. Ich hab das alles schon mal gesehen. Das hatten wir damals in München schon mal genauso. Das Leben ist schlecht und die Menschen sind es auch.«

»Aber die Qualität des Lebens bemisst sich doch nicht am Neuheitswert?« Ich habe die Befürchtung, in letzter Zeit immer mehr wie ein Lebensratgeber zu klingen.

Lorenz schneidet mir eine Grimasse und dreht sich dann weg, um zur Bar zu gehen.

»Nein, ich sage ja nur, dass wir das alles schon gehabt haben … Wieso hast du eigentlich keinen Freund?«

»Ach, es ist schwierig …«

»Ich kann dein Problem genau benennen. Es ist ein universelles Problem von Frauen. Eigentlich möchten sie die ganze Nacht durchgevögelt werden. Sie suchen einen unkomplizierten Typen, der nicht viel redet und keine Probleme macht. So wie der da.«

Holger zeigt auf einen durchtrainierten jungen Mann, der die leeren Flaschen im Raum einsammelt. Dieser merkt, dass wir ihn anstarren, und raunt mich an: »Haben Sie ein Problem?«

Jetzt bin ich irritiert. »Er hat mich gesiezt! Ist irgendwas mit mir nicht in Ordnung?«

Holger gibt nicht auf. »Aber am Ende wollen sie dann doch einen, mit dem sie reden können. Wer gefällt dir hier?« Ich schaue mich hilflos um. »Äh, also eigentlich keiner.« Holger zeigt auf einen hell gelockten Kunststudenten mit himmelblauen Augen. »Der ist doch ganz hübsch!« Der Typ dreht sich um und lächelt: »Nice bag, Marla.«

»Siehst du, das ist das Problem. Er schaut deine Tasche an und nicht deinen Arsch.«

An den Typen gerichtet fügt er hinzu: »You are watching her BAG, not her BACK. That's your problem.« Ich muss lachen.

»Sag mal, bei welchem Magazin arbeitest du noch mal? Braucht ihr eine Praktikantin? Ich muss nämlich jetzt Geld verdienen.«

5. BUBBLE AND GUM

Ich renne in den gleichen Klamotten aus dem Haus, die ich gestern getragen habe, einem langen Wollrock und einem schwarzen Rollkragenpullover, weil ich letzte Nacht zu träge war, mich auszuziehen. Ich muss zu meiner ersten Fashion Show, um darüber zu schreiben. Seit einer Woche bin ich nämlich Praktikantin bei *The Dusty Glow*.

Man weist mir einen »S«-Platz zu, das heißt »Stehen«. Aber da wir nicht in New York sind, bleiben einige Bänke frei und ich setze mich in die erste Reihe. Neben mir sitzen die Witwe von Christoph Schlingensief und eine bekannte Schauspielerin, deren Name mir nicht einfällt. Sie sind die einzigen beiden, die keine dunklen, gedeckten Farben tragen. Auf einmal tippt mir jemand von hinten auf die Schulter. »Marla?« Ich drehe mich um, meine Gesichtserkennung funktioniert noch nicht richtig. Er hat rötliche Haare, einen kleinen Schnurrbart und trägt einen Siemens-Sweater, bei dem das »SIE« rausgeschnitten wurde, sodass da nur noch »MENS« steht. Ich versuche, das Gesicht des jungen Mannes zu fokussieren und einzuordnen, aber es gelingt mir nicht. Das passiert mir leider sehr oft.

»Ähm …« Er merkt, dass ich mich nicht erinnere, wirkt aber nicht beleidigt, sondern hilft mir weiter: »Damals … Ich bin Jonas.« Er könnte der Bruder von irgendjemandem sein. Das Gesicht bleibt fremd, aber ich rate einfach mal: »Haben wir uns in diesem Club kennengelernt?«

»Ja!« Wenn ich nicht so verschlafen wäre, würde ich jetzt rot werden, aber irgendwie perlt heute Morgen alles an mir ab. Natürlich erinnere ich mich. Damals war er allerdings viel breiter, hatte Pausbacken und ganz helle sonnengebleichte Haare. Er sieht aus, als hätte er einiges durchgemacht.

Ich war vor ein paar Jahren mit meinem ersten Freund Leon zu Besuch in Berlin. Als wir eines Nachts auf dieser Party waren, im *Broken Hearts Club*, und ich unten zur Toilette ging, stand da dieser breitschultrige, gesund aussehende Junge. Ich war extrem betrunken und fragte ihn, ob er mich küssen würde. Er sagte nur: »Ja klar!« Also küssten wir uns, nicht sehr liebevoll und ein bisschen ungelenk. Dann ging ich wieder hoch zu meinem Freund und fragte ihn, ob wir nach Hause gehen könnten.

Jonas sieht ganz schön nett aus. Ich frage mich, wer mir eigentlich wirklich etwas bedeutet in meinem Leben. So richtig aus tiefstem Herzen. Meine Oma vielleicht. Mein Hund hat mir viel bedeutet. Bin ich wirklich jemand, dessen Herz an einem Hund mehr hängt als an einem Menschen?

Das Licht geht jetzt aus, und dann wieder an, aber viel heller als vorher, gleißend und klinisch erhellt es den ganzen Raum, und da der Catwalk mit Spiegelplatten ausgelegt ist, brennt es fast unerträglich. Zehn Minuten lang staksen riesige dünne Frauen in unproportionierten Kleidungsstücken sehr dicht an mir vorbei. Ich fühle mich unangenehm berührt, denn ich mustere sie sehr genau, aber wahrscheinlich wurden sie vorher gebrieft, dass sie niemanden anschauen dürfen, ihre Blicke gehen weg in eine fehlende Unendlichkeit. Ich fühle mich wie in einem Aquarium. In stiller Übereinkunft harren alle Gäste diese zehn Minuten unter Wasser aus, werden zu einem Teil der Installation, dann schwimmen alle wieder nach oben und gehen ihrer Wege.

Jonas sieht verstört aus. »Das war meine erste Fashion-Show. Sehr seltsam. So viel Aufwand. Sollen wir was essen gehen?«

»Lieber nicht. Ich brauche erst mal einen Kaffee und eine Dusche.« Und was ich nicht sage: Ich habe kein Geld. Meine erste Überweisung kommt erst in drei Wochen.

»Ach, komm.«

Die Wahrheit ist, ich fühle mich so verloren, dass ich jedem folgen würde, der bereit ist, sich meiner anzunehmen.

»Mh, okay. Aber ich hab kein Bargeld dabei …«

»Kein Problem, ich leih dir was. Wir sind doch alte Freunde.« Er lacht. Wenn man sich für einen Moment von seiner schnellen Zunge nicht ablenken lässt, sieht er ganz schön traurig aus.

Am Abend findet ein Empfang meines neuen Arbeitgebers statt. *The Dusty Glow* hat die ganze untere Etage eines Nobel-Kaufhauses gemietet. Die Gäste laufen zwischen den Taschen und Pelzmützen und Parfums herum. Ich bin versucht, etwas einzustecken, beherrsche mich aber, denn ich möchte Frau Kirschmann, die Chefredakteurin, nicht enttäuschen. Lediglich als ich auf der Kundentoilette an dem gefüllten Teller für die Toilettendame vorbeilaufe, die gerade nicht da ist, kann ich es mir nicht verkneifen. 2,50 Euro. Das reicht für ein Frühstück morgen.

Ich lege die Münzen sorgfältig in die Seitentasche meiner Handtasche und fahre dann, mit roten Lippen und wackeligen Knien mit der Rolltreppe wieder nach oben. Das verlassene Kaufhaus macht mich fertig. Ich habe früher richtig viel geklaut. Nie Dinge, die ich wirklich haben wollte, eher einfach Zeug.

Die Rolltreppe befördert mich direkt in die Arme meiner Kollegen, die in eine ausufernde Diskussion über Monogamie und Treue verstrickt sind. Karla, die eine regelmäßige Mode-Kolumne für *The Dusty Glow* schreibt, hat jetzt ganz kurze, weiß blondierte Haare, die gut aussehen zu ihren blitzenden Augen. »Ich sage jedem Typen, der sich mit mir einlassen will, dass ich an Monogamie nicht glaube. Dann hat er die Wahl …«

Holger schüttelt den Kopf und sagt etwas Schlaues, aber eigentlich sieht man ihm an, dass er mit seinen 42 Jahren gerne eine feste Freundin hätte. Sie beachten mich nicht. Ich dränge mich so nah an die beiden heran, dass sie mich selbst mit extrem tief gesenkter Blicklinie nicht mehr ignorieren können, und sage, wie eine Fernsehreporterin, die niemand nach ihrer Meinung gefragt hat: »Mir ist das alles zu viel geworden. Ich bin total für Zweierbeziehungen. Ist doch okay, wenn man sich dann ab und zu betrügt. Das gehört halt dazu.«

»Ja, wenn man auf Komplexitätsreduzierung steht …« Karla zieht eine Augenbraue hoch und mustert mich leicht angewidert.

»Du meinst Luhmann«, sagt Holger, um meine Aussage irgendwie ein bisschen aufzuwerten.

»Keine Ahnung. Aber Reduktion von Komplexität ist doch toll!«, sage ich zu Karla. Karla und Holger sind jetzt beide fest davon überzeugt, dass ich eine unwürdige Gesprächspartnerin bin, die von Distinktion nichts versteht.

Am nächsten Tag kaufe ich mir im Bioladen von den 2,50 Euro einen Berliner mit Hagebuttenmus. Dann bringe ich ein paar Klamotten zu ZARA zurück, die ich schon eine Weile in der Tüte zu Hause rumliegen hatte, und lasse mir dafür Bargeld auszahlen. Jetzt habe ich also wieder 25 Euro. Ich bin wahnsinnig stolz auf meinen Einfallsreichtum und ziehe weiter zu Edeka, um dort Vorräte zu besorgen.

Der ganze Supermarkt redet zu mir. Alle Produkte tragen gut gelaunte Slogans und geben vor, eine Persönlichkeit zu haben. Ich nehme einen kleinen Smoothie aus dem Kühlregal und studiere das Etikett.

Wir schützen unsere Smoothies vor allem, was ihnen gefährlich werden könnte. Wir passen auf, dass sie nicht mit Konservierungsmitteln spielen oder sich mit Geschmacksverstärkern anfreunden. Wir bitten sie, nach Hause zu kommen, wenn die Straßenlaternen angehen. Abends verscheuchen wir die Konzentratmonster unter dem Bett und halten die Kleinen immer gut gekühlt. Nun ist einer unserer Lieben in deiner Obhut. Behandle ihn gut, dann tut er dir auch gut.

Es überfordert mich, dass ich mit einem Smoothie interagieren soll. In der Gemüse-Abteilung sinkt feiner Sprühnebel in minütlichen Abständen auf die rot leuchtenden Tomaten, perfekt geformten Zucchinis, perlmuttschimmernden Fenchelknollen und Karotten, die aussehen wie frisch geerntet. Ich werde traurig und weiß nicht, was ich kaufen soll. Mein Smartphone empfiehlt mir grünes Gemüse und rotes Fleisch. Ich hätte das schon länger nicht gegessen.

Ich brauche einen Moment, um die Kühlregale mit dem Fleisch zu finden. Das Supermarktlicht ist gelblich und macht, dass das Fleisch und die Wurst in den Verpackungen schön rot aussehen. Sobald man etwas dem Kühlregal entnimmt, sieht es aber grau aus. Ich lege das vakuumverschweißte Rib-Eye-Steak wieder zurück, nehme dafür eine Packung rosa leuchtenden Räucherlachs und laufe Richtung Kasse. Zwischen den Süßwaren und Energydrinks steht ein Metallwagen mit Sonderangeboten: komplett identische Kakteen in Töpfen und transparente Glaskugeln, die sich *EcoSphere* nennen. Die Kugeln sind mit Wasser, kleinen steifen Meerespflanzen und Miniatur-Krebsen gefüllt, die zusammen einen autarken Kreislauf bilden. Ich nehme mir einen von den EcoSphere Informationszetteln mit:

Dieses faszinierende, wissenschaftliche Design-Stück basiert auf der Forschungsarbeit der beiden Wissenschaftler Dr. Joe Hanson und Dr. Clair Folsome am Jet Propulsion Laboratory der NASA. *Das Labor entwickelt sich selbst erhaltende Systeme für interplanetare, bemannte Raumfahrten, die über das Lebensalter der startenden Astronauten hinausgehen.*

Diese sollten während Langzeit-Weltraum-Exkursionen Lebewesen beherbergen können.

Aus dieser Forschung ist die EcoSphere *entstanden – ein*

Ökosystem, das in völliger Harmonie von Lebewesen, Pflanze und Umwelt existiert. Jede EcoSphere *wird mit einer individuellen Seriennummer versehen und kommt mit einem Handbuch, das alles Wissenswerte sowie genaue Pflegeanleitungen enthält. Durch die Seriennummer lässt sich das Alter der* EcoSphere *ermitteln. Der Endkunde kann sich auch jederzeit direkt an die Kundendienstmitarbeiter von* EcoSphere Europe *wenden. Die gesamte* EcoSphere-*Gruppe verfügt über einen sehr gut ausgebildeten Kundendienst, wir sprechen verschiedene Sprachen und sind in mehreren europäischen Ländern anwesend.*

Jede Frage über unser kleines Ökosystem kann sehr präzise beantwortet werden.

»29,40!« sagt der Kassierer. Ich schaue erstaunt von meinem Zettel auf. Ich habe nur 25 Euro Bargeld, aber gebe meiner Kreditkarte noch eine Chance. Die streikt. Die Leute hinter mir in der Schlange werden nervös. Ich kann den verfuckten Edeka-Einkauf tatsächlich nicht bezahlen und schaue den Verkäufer hilfesuchend an.

»Was machen wir jetzt?«, frage ich den Jungen hinter der Kasse verstört.

»Dann legen Sie halt was zurück!«, schlägt er vor.

Ich schaue in meine Einkaufstüte, auf das Päckchen Lachs, die Bananen, das abgepackte Vollkornbrot, und entscheide mich dann aus irgendeinem Überlebensreflex heraus, den *Spiegel* zurückzulegen. Mit 4,60 ist die Zeitschrift sowieso der teuerste Artikel in meiner Tüte.

Der Azubi hält das Magazin einen Moment lang irritiert in der Hand, als wüsste er nicht, was er damit machen soll. Auf dem Cover ist Angela Merkels Gesicht abgebildet, verwischt in Striemen, darüber die Überschrift: »Was Angela Merkel antreibt und wohin das führt«. Sie sieht auf dem Foto aus wie ein lachendes Kind. Überhaupt ist die Berichterstattung zu ihr in den letzten Monaten viel milder geworden. In den ersten Jahren ihrer Kanzlerschaft hat man meistens verbitterte und harte Fotos von ihr gedruckt. Entweder ist Merkel mittlerweile geliftet oder man hat sich für ein anderes BILD der Kanzlerin entschieden. Die Milde, die Gütige, die Friedenstaube. Die Mutter, die mit bleierner Miene sagt: Wir schaffen das.

Als ich aus dem Supermarkt rausgehe, blinkt auf meinem iPhone, dessen Frontscheibe ganz zersprungen ist, womit es eine Art iPhone-Identität bekommen hat, ein kleines Facebook-Messenger-Symbol auf. Jonas.

Wollen wir nachher was essen gehen?

Ja. Um 7 bei Cocolo, texte ich zurück.

6. HÖHLENMENSCHEN

Cocolo ist ein Ramen-Laden am Paul-Lincke-Ufer. Man muss sich hier anstellen für einen Tisch, wie man das sonst nur aus New York oder Paris kennt.

Am Tisch neben dem Eingang sitzt ein junger Künstler, ich lächle ihm zu. Er heißt Wi Chi und ist der Assistent von Ai Weiwei. Er selbst malt ziemlich schöne Ölbilder.

Mit fällt ein, dass Ai Weiwei sich letztens an einem Kiesstrand auf Lesbos ins flache Wasser gelegt hat, im Anzug bekleidet, um die Pose des berühmten, tot angespülten Flüchtlingskindes nachzustellen. Ein Journalist hatte vermutet, dass es für Ai Weiwei sehr unangenehm gewesen sein muss, auf den spitzen Steinen zu liegen. Aber das milde Licht der Abenddämmerung hätte ihn sicher getröstet. Ai Weiwei sagte dazu nur: *The seashore is my studio!*

Jedenfalls schaut mich dieser Assistent kurz irritiert an, erkennt mich aber nicht. Auf einmal steht Jonas neben mir. Er trägt einen langen Wolllodenmantel und einen Rucksack. Wie ein einsamer Wanderer sieht er aus. In seinem Gesicht wuchert ein bisschen hellroter Bart. Er erzählt mir, dass er heute einen Couchtisch aus Beton gegossen hat. Er zeigt mir Fotos von der Betonmasse in der Gussform. Es ist wirklich ein außergewöhnlicher Tisch, denn er hat die Form einer Wolke.

Jonas redet dann sehr viel und schnell. Über seine argentinische Mutter, die der Liebe wegen damals in Nürnberg gelandet ist. Über das seltsame Gefühl auf Ausstellungseröffnungen und wenn man um sieben Uhr morgens realisiert, dass man einer der letzten Penner auf der Party ist. Er redet über Entscheidungen und Beobachtungen. Er ist so reflektiert. Mir wird ganz schwindelig davon und ich versuche mich an meiner Ramensuppe festzuhalten, aber das halbe Ei und der Seetang sind schon weg, und ich blicke nur noch in eine milchige Brühe mit ein paar Nudeln und Maiskörnern und weiß nicht, woran ich mich da festhalten soll. Als er mich fragt: »Und deine Familie?«, passiert es wieder. Meine Lippen werden taub, ich kann nicht mehr sprechen, alles rückt ganz weit weg. »Hast du die über Weihnachten besucht?« Ich höre ihn nicht mehr, werfe ihm einen vernichtenden Blick zu und ziehe meine Jacke an.

»Marla! Was ist? Hab ich was Falsches gesagt?«

»Kannst du mir das noch mal auslegen. Ich hab mein Portemonnaie vergessen.« Und dann renne ich schon raus.

Draußen drehe ich mich um und sehe ihn durch die Fensterscheiben in diesem hellroten Licht, wie auf einem anderen Kontinent, in Japan eben, verblüfft und traurig steht er da in seinem viel zu langen Mantel, den er die ganze Zeit über angelassen hatte. Ich renne. In den nächsten dunklen Innenhof, presse mich in eine Ecke und heule, wobei ich mir die Hand vor den Mund halte, damit niemand hört, dass mein Heulen eigentlich auch ein Schreien ist.

Mein Handy leuchtet wieder auf.

Hey Marla. We are at Soho House. There's a free spot for you!

Dean. Ein berühmter Künstler aus Vancouver. Oder war er aus Chicago? Ich habe keine Ahnung, warum er mir schreibt, ich kenne ihn eigentlich gar nicht, aber beschließe, dass es wohl das Beste ist, jetzt unter Leute zu gehen und unverfängliche Gespräche zu führen. Ich habe ganz vergessen, Jonas nach seinen Tattoos zu fragen. Das hätte mich schon interessiert. Da war so eine Art fliegender Eimer auf seinem Unterarm, mit spritzenden Wassertropfen. Peinlich. Wer lässt sich bitteschön einen Eimer tätowieren? Ich beschließe, mich nicht wieder bei ihm zu melden.

Über PayPal bestelle ich mir ein Taxi und nehme mir vor, im *Soho House* nur Leitungswasser zu trinken. Langsam bildet sich mein Selbstbewusstsein wieder zurück.

Es stellt sich heraus, dass Dean eine American-Express-Kreditkarte besitzt, die seine Studio-Managerin Matilda verwaltet, inklusive der Pin Codes. Sobald eine Rechnung für den Tisch kommt, reicht sie ihm die Karte rüber und diktiert die Pin von ihrem iPhone. Die anderen Künstler, die alle noch nicht berühmt sind, legen währenddessen die Köpfe andächtig schief und atmen auf.

Dean ist vermutlich erst Anfang dreißig, aber hat den Habitus eines alten Mannes, irgendwie leicht gebrochen und angenehm melancholisch. Er erfüllt seinen Job, ein erfolgreicher Gegenwartskünstler zu sein, mit großer Verantwortung, aber er bildet sich auch nicht besonders viel darauf ein. Alle wichtigen Entscheidungen diskutiert er vorher mit seiner Mutter auf Skype, alle unwichtigen Entscheidungen trifft die blonde, patente Matilda mit der Kreditkarte. Zwischendurch hört er Menschen ernsthaft interessiert zu oder erzählt Anekdoten.

»Habe ich eigentlich schon erzählt, dass Scarlett Johansson's Boyfriend meine Kunst sammelt? Lädt mich immer zu irgendwelchen Geburtstagen ein, und das sind grauenvolle Veranstaltungen. Ich glaube, dass er und Scarlett keine Freunde haben. Letztens sagte er zu mir, ›Dean, organisier du was‹. Und da habe ich die größte Penthouse-Suite der Stadt reserviert, mit einem Rundumblick, und zwischendurch ist Scarlett nach Hause und hat ihr Baby gestillt.«

»Was?«

»Naja, wahrscheinlich Milch vor dem Koksen abgefüllt oder so.«

»Und wie ist die so?«

»Sie ist sehr klein. Aber habe ich eigentlich schon erzählt, wie mich Kanye West auf sein Konzert eingeladen hat? Er meinte, er wolle sich mal mit mir unterhalten. Ich hatte mir extra einen YSL-Anzug in Berlin gekauft und als ich dann Backstage auf ihn zuging, wusste er nicht, wer ich war. Er konnte sich an nichts erinnern. Naja, dann hing ich den Rest des Abends mit Jaden Smith rum, der mich über Osho und das Welt-Eine aufgeklärt hat.«

»Aber was war da noch mal mit Jeff Koons?«

Deans Antwort geht im Lärm unter, denn im Hintergrund des Restaurants verschieben jetzt ein paar dynamisch aussehende junge Männer die schweren, geblümten Landhaus-Sofas, um Steckdosen für ihre MacBooks freizulegen.

Ein bekannter Berliner Galerist setzt sich neben mich.

»Also, am Anfang fand ich dieses *Soho House* ja total geschmacklos und prollig, aber mittlerweile komme ich hier gern zum Arbeiten her. Diese Mischung aus Anonymität, Versorgung und Bewegung finde ich sehr produktiv. Am besten funktioniert der neue Concept Store im Erdgeschoss als Arbeitsumgebung. Da kommt so eine Konsum-Komponente hinzu. Und das paläo-orientierte Essen ist natürlich der Wahnsinn. Ich hatte da letztens einen Kuchen, der war nur aus Raw Chocholate, Avocado, Kokosöl und Nüssen gemacht. Danach war mir ganz schwindelig, wegen der ganzen Nährstoffe. Der Körper ist das ja gar nicht mehr gewohnt …«

»Ich mochte die Gruppenausstellung, die du kuratiert hast.«

»Ja, ich habe versucht, ein transzendentales Moment entstehen zu lassen. Am Ende geht es doch immer um Transzendenz.«

»Geht es nicht eher darum, etwas über die Realität zu erzählen, in der wir leben?«

»Du bist noch zu jung. Du wirst das noch verstehen. Meine Mutter ist vor einigen Monaten gestorben. Ich fühlte auf einmal das extreme Verlangen, mich innerlich mit mir selbst zu verbinden, und gehe jetzt diesen Weg, über Yoga, Meditation.«

Er deutet auf einen anderen mittelalten Mann, der uns jovial und sonnengebräunt gegenübersitzt. »Dieser Typ ist ein ganz toller, hat mehrere Start-ups, er investiert in meine Galerie. Er ist so großzügig, ich zahle ihn mit Kunstwerken aus. Und wir gehen diesen Pfad der Erleuchtung jetzt gemeinsam.« Ich glaube, er hört uns gar nicht zu, aber lächelt bestätigend in unsere Richtung.

Als ich merke, dass sich niemand am Tisch mehr um mich kümmert, hole ich mein iPhone raus und schreibe wahllos ein paar Facebook-Messages, so viele, dass ich sofort den Überblick verliere. Mir wird schon wieder ganz schwindelig. Ein gewisser Kyle antwortet sofort und fragt, ob ich vorbeikommen möchte. Er hat kein Profilbild auf Facebook und ich kann mich nicht mehr genau erinnern, wie er aussieht, nur noch, dass ich ihn mal in einem vietnamesischen Imbiss angelächelt habe und er mich daraufhin auf Facebook hinzugefügt hat. Er hat schmale Augen und blonde Haare, das weiß ich, aber ich kann mich nicht an seinen Ausdruck erinnern. Also daran, was für eine Art von Mensch er eigentlich sein könnte.

Wir fahren mit dem Fahrstuhl ins Erdgeschoss, alle dicht aneinandergedrängt, ein bisschen wie in einer Höhle. Alle sind sanft und weich vom Tequila. Ich würde mich gerne an die hübsche Texte-zur-Kunst-Redakteurin lehnen, die mit uns am Tisch saß, traue mich aber nicht. Das Metall der Fahrstuhltüren und der Lederbezug der Wände sind übersäht mit eingeritzten Kritzeleien, Sprüchen, Zeug. Ich habe letztens einen Artikel in der Zeitung gelesen, dessen Verfasser diese Kratzer als ein Charakteristikum des authentischen Berlins bezeichnete, welches sozusagen ins globalisierte schicke *Soho House* hineingetragen wurde. Aber das ist natürlich Schwachsinn. Wenn man genau hinsieht, erkennt man nämlich: Die Dekorationen entstammen einer Hand. Sie sind alle im gleichen Stil und es muss viele Stunden gedauert haben, sie so homogen zu verteilen. Und da steht: gar nichts. Es sind Wörter ohne Bedeutung.

Der Ausblick auf Drogen in Dean's Airbnb-Apartment lässt die Schritte der Gruppe draußen schneller werden. Ich habe die letzte Bahn verpasst und laufe alleine Richtung Kreuzberg. Mein Handy leuchtet auf.

EILMELDUNG: Erstmalig: Forscher konnten die Gravitationswellen messen. Einsteins Theorie bestätigt.

Ich frage mich, was das für einen Unterschied macht. Die Schwerkraft ist die gleiche. Das Universum entstand aus zwei schwarzen Löchern und wir spüren diese Kraft immer noch. Eine schreckliche Vorstellung. Was mich hier hält, ist die gesammelte Kraft von zwei schwarzen Löchern.

7. NEVERLAND

Es ist eine dunstige Nacht. Man sieht die Kuppel des Fernsehturms gar nicht mehr. Obwohl es nicht wirklich kalt ist, kriecht das schneefeuchte Wetter mir unangenehm unter die Jacke. Ich habe der Kälte nichts entgegenzusetzen. Aber wenn es so richtig unerträglich wird, dann denke ich immer an Nicole Kidman. Was würde Nicole Kidman jetzt machen? Natürlich würde sie hoch erhobenen Hauptes eine unsichtbare Schneeflocke vom Ärmel blasen und einfach weiterlaufen.

Auf den Gehwegen liegen vereinzelte Weihnachtsbäume. Manche noch mit ein paar Lamettafäden, aber fast alle ganz grün und nackt. Die Berliner Stadtreinigung hat dieses Jahr wieder eine Weihnachtsbaum-Hotline eingerichtet. Wenn man irgendwo einen herrenlosen Baum herumliegen sieht, kann man dort anrufen und die Koordinaten durchgeben. Ich bleibe vor einer dicken Nordmann-Tanne stehen. Und überlege ernsthaft, da jetzt anzurufen, damit jemand mit mir spricht. Vielleicht sollte ich doch diesen Kyle besuchen.

Where do you live?
Auguststraße 35, ring at Basetti.

Kyle öffnet, und sein Gesicht kommt mir irgendwie vertraut vor, auch wenn ich es morgen bestimmt schon wieder vergessen haben werde. Er hat sehr helle wache Augen, wirkt aber gleichzeitig ein bisschen autistisch.

»Ist nicht mein Apartment … House Sitting für einen Freund. Und auf den Hund passe ich auch auf.« Über die Schwelle des Wohnzimmers schlappt der größte schwarze Hund, den ich je gesehen habe. Eine dänische Dogge mit irgendwas anderem gemischt.

»Ich nenne ihn immer Panther. Aber eigentlich heißt er Puppy.«

»Woher kannst du denn so gut Deutsch?«

Kyle greift in seinen Rucksack, der auf dem Parkettboden im Flur liegt, und zieht ein buntes Buch heraus: *Leben auf dem Bauernhof. Deutsch für Kinder.*

Ich muss lachen. Kyle verzieht keine Miene. »It's good!«

Ich glaube, er lacht nie. Puppy hat inzwischen seinen riesigen schwarzen Kopf auf meine Knie gelegt und die Pfote auf meinen Oberschenkel. Die ist richtig schwer. Aber ich habe gar nichts dagegen, von einem riesigen Hund festgenagelt zu werden.

Die Wohnung ist simpel, aber edel eingerichtet. Das braune Ledersofa, ein massiver Esstisch, riesige Spiegel, Designer-Glühbirnen, die in sich selbst abgeblendet sind und an aufwendig verknoteten Kabeln herunterbaumeln, ein paar Ölbilder, die nachlässig an der Wand lehnen, ein gerahmtes Aquarell im Flur, auf dem ein halbnackter Typ mit Baseballkappe drauf ist und darüber der Schriftzug NEVERENDING LOVE.

»Ist der Besitzer dieser Wohnung schwul?« Kyle schaut mich erstaunt und leicht vorwurfsvoll an. »Ja, woher weißt du das?«

»Das sieht man doch sofort.«

»Really?« Kyle bleibt skeptisch.

Von einer Wohnung auf die sexuelle Orientierung zu schließen, gehört sich anscheinend nicht, auch wenn man richtigliegt. Ich frage Kyle, ob ich ein Wasser haben könnte. Er fragt mich, ob ich Lust habe, fernzusehen. Wir setzen uns mit etwas Abstand auf die Ledercouch und Puppy quetscht sich zwischen uns, was gar nicht so einfach ist, denn sie hat wirklich die Größe eines Ponys.

»Meinst du, das Sofa geht kaputt?«, fragt Kyle leicht besorgt.

»Nein. Das kriegt höchstens ein paar Wasserflecken von ihrer ständig sabbernden Schnauze …«

Aus den großen schwarzen Boxen erklingt seit meiner Ankunft Vogelgezwitscher von irgendeinem Entspannungssoundtrack. Und jetzt läuft dazu eine Dokumentation auf Arte. Die Geräusche überschneiden sich. Die Kamera fliegt über die Küste von Neuseeland und dann tiefer in die Wälder hinein. Ein kleiner Vogel mit gebogenem Schnabel und zwei wahnsinnig langen Schwanzfedern flattert um einen anderen kleinen Vogel, der offenbar das umworbene Weibchen sein muss, denn er hat nicht diese exaltierten Federn, sondern ist ganz braun und tarnfarben gesprenkelt.

Ich traue mich nicht, Kyle zu fragen, ob er das Gezwitscher ausstellen könnte, denn es scheint irgendwie, als würde er immer einen Hintergrund-Soundtrack benötigen.

»Wo kommst du eigentlich her?«

»New Zealand.«

»Haha.« Ich deute auf den laufenden Fernseher.

»Ja, aber aus der Stadt natürlich.«

»Und was machst du hier in Berlin?«

»Photo. Art. I think, I'm bored. Können wir vielleicht mit dem Hund rausgehen?«

Ich bin kurz beleidigt, weil er sich trotz Fernseher, Vogel-Gezwitscher und meiner Gegenwart auf dem Sofa langweilt, stimme aber zu.

Puppy zieht Kyle hinter sich her. Der Hund ist sehr stark. Wenn er irgendwo schnüffeln will, muss Kyle ihm folgen, und so werden wir im Zickack von Puppy durch die Straßen geführt.

»Was hast du heute gemacht?«, frage ich, um die Kommunikation irgendwie anzustoßen.

»Ich habe Freunde getroffen.«

»Und morgen?«

»Ein Freund aus Hamburg kommt.«

Nach einer Weile finde ich heraus, dass Kyle ständig irgendetwas mit Freunden macht. Aus seinem Mund kommt kein Satz, der nicht das Wort »Freunde« enthält. Er ist mir ein Rätsel. Und ich habe keine Lust, ihn zu küssen. Vielleicht ist er so eine Art Vampir. Wir setzen uns kurz in eine Pizzeria und ich erläutere ihm monologisch, dass das die beste Pizzeria Kreuzbergs sei, dass sie bekannt sei für den schlechten Service, dass sie Punk sei. Ich erzähle von meinem neuen Job. Kyle verzieht nicht einmal die Miene, sagt jetzt aber, dass er auch einen Job hat. In einer Galerie, deren Künstler er sehr schätze, und die Besitzer seien mittlerweile »friends«.

Auch wenn ich nicht den Eindruck habe, dass zwischen uns irgendwelche Gefühle entstehen, beruhigt mich Kyles Anwesenheit.

Mein Handy vibriert in meiner Po-Tasche. Die Einladung zu einem Abschiedsfest.

»Sollen wir noch auf eine Party gehen, Kyle?«

»Ich muss den Hund nach Hause bringen. You can go.«

Es scheint ihm wirklich nicht viel daran zu liegen, den weiteren Abend mit mir zu verbringen. Immerhin sagt er, als die Rechnung kommt: »You pay next time!«

Das werte ich als eindeutiges Zeichen von Sympathie.

Wir laufen noch bis zur U-Bahn Schönleinstraße zusammen. Diesmal habe ich Puppy an der Leine und finde es recht angenehm, so zielgerichtet über den Gehweg gezogen zu werden. Kyle und ich umarmen uns zum Abschied, aber ich bin mit den Gedanken schon ganz woanders.

8. MOONRIVER

Die Nächte vergehen gleichförmig, die Tage verschlafe ich. Im Morgengrauen finde ich die Wohnung weniger unheimlich. Also treibe ich lieber noch ein paar Stunden durch die Nacht. Irgendjemand weiß immer, wo man hingehen sollte.

Hey Marla, wir gehen zu einer Party. So Künstler.

Es ist drei Uhr nachts und ich tapse wund und traurig vor die Tür. Bis ich dort bin, muss ich mir definitiv ein souveränes Gesicht zulegen.

Auf dem Weg in die Leipziger Straße heftet sich ein 14-jähriger Junge an meine Fersen. Erst versuche ich, ihn mit abweisenden Blicken abzuschütteln. Aber er lässt nicht locker.

»Hey Blondie. Wie heißt du?«

»Das sage ich nicht.«

»Warum nicht? Weil ich Türke bin?«

»Weil ich nicht jedem Fremden meinen Namen unter die Nase reibe.«

»Keine Sorge, ich bin kein Flüchtling. Haha. Brauchst keine Angst haben. Ich heiße Yasin.«

Ich beschleunige meinen Schritt.

»Wo gehst du hin?«

»Eine Künstlerparty …«

»Künstler? Echt? Kann ich mitkommen? Du siehst so hübsch aus.«

»Mh.«

»Feiert ihr immer so spät?«

»Ja, Partys gehen doch immer erst nach Mitternacht los, oder?«

»Also die von meinen Freunden und mir nicht. Müsst ihr morgen nicht aufstehen? Oder seid ihr Übermenschen?«

Dass er das Wort Übermenschen benutzt, finde ich dann doch so komisch, dass ich ihn mitnehme.

Wir betreten ein graues, abgerissenes Gebäude. In dem Komplex wohnt sonst scheinbar niemand. Unten ein Discount-Möbelladen, ein verschlossenes China-Restaurant, in den oberen Etagen leerstehende Büros.

Es gab wohl ein großes Abendessen. In einem fensterlosen Studio, das so hoch wie eine kleine Kathedrale ist, steht eine riesige Tafel, an der Kunststudenten sitzen und sich in gedämpftem Ton unterhalten. Das Geschirr ist kaum von den Blumendekorationen zu unterscheiden, denn der Gastgeber hat es selbst getöpfert. Amorphe Schüsseln und Tassen, rot glasiert, mit welligen Ausstülpungen, die an bewegte Unterwasserpflanzen erinnern. Ein paar Algen liegen herum. Die Misosuppe wurde schon gegessen. Das Thunfisch-Sashimi auch. Jetzt gibt es nur noch billigen Weißwein. Und weißen matschigen Reis.

Ein paar Meter weiter oben schwebt eine zweite Etage im Raum, wie eine Art Schiff. Eine Holzplattform, die mit Gurten an der Decke befestigt ist. Über eine Leiter landet man auf einer Zwischenebene, von der aus man auf dieses Schiff springen kann. Ich klettere nach oben, aber mir wird sofort schwindelig. Deshalb lege ich mich auf eine der Matratzen, die dort herumliegen, und betrachte die Tischgesellschaft von oben. Yasin ist mir hinterhergeklettert, hält aber einen Sicherheitsabstand zu mir ein.

Ein schmaler Junge mit ganz langen Engelshaaren bemerkt mein Unbehagen, legt sich neben mich und lächelt. »If you have your head in the clouds, you need a bed on the ground.«

»Ich hab meinen Kopf nicht in den Wolken«, gifte ich ihn an.

»And she's wearing high heels … So high.«

Ich würde meine Boots nicht als High Heels bezeichnen. Jedenfalls fühle ich mich gekränkt. Ein deutscher Kunstjournalist hockt jetzt auch neben uns. Ich kenne ihn von der Silvesterparty.

»Bist du glücklich?« Er scheint eine Art Recherche zu betreiben.

»Ich weiß nicht …«

»Und dieses Mädchen da hinten? Ist die glücklich? Sie heißt Venus und hat angeblich sehr viel Sex.«

»Ich finde nicht, dass sie sehr glücklich aussieht …«

»Ich denke, dass sich Glück ganz einfach an der Menge Prozac messen lässt, die man genommen hat«, mischt sich ein Junge ein, der auf seinen riesigen muskulösen Oberarmen Barszenen von Georg Grosz tätowiert hat.

»Hey, where are you from?« Ein anderer mädchenhaft schöner Junge kneift mich in die Seite.

»Close to Düsseldorf«, sage ich.

»Oh, I'm German too. I'm from Bavaria, I'm a refugee.« Er kichert. »Die Leute sind so konservativ da … Kann ich dich auf Facebook hinzufügen?«

Ich nicke. Er holt sein Handy raus.

»Krass, wir haben 51 gemeinsame Freunde … The maximum I once had was 371.«

»Take a sip of this!« Das Engelshaar reicht mir eine Limonadenflasche.

»Was ist das?«

»K. O.-Tropfen. Make you relaxed.« Ich nehme ein paar große Schlucke und ein paar Sekunden später wird mir wirklich ganz warm ums Herz. Yasin sitzt alleine in einer Ecke und grinst.

»Willst du auch was?«, frage ich ihn.

Er schüttelt den Kopf wie ein verschämter kleiner Junge, der zufällig bei seinen Eltern im Schlafzimmer gelandet ist. »Nee, auf keinen Fall. Ich trinke nichts! Wie heißt du denn jetzt?«

»Marla.«

»Also, Marla, ich will ein gutes Abi machen, um dann Jura zu studieren. Was machst du denn so?« Er rückt näher an uns heran.

Die Wirkung der Tropfen setzt jetzt ziemlich hammermäßig ein und ich werde von einer Mischung aus Muttergefühlen und Zärtlichkeit für den Jungen übermannt. Er merkt es und bringt sich wieder in sichere Distanz.

»Ich habe keine Ahnung. Ich versuche gerade herauszufinden, was ich machen will. Ich arbeite bei einem Modemagazin. Aber das ist schrecklich. Ich hasse Mode. Ich interessiere mich nicht für Stars. Und am Ende geht es doch nur darum, die Anzeigenkunden zu ficken und das Business am Laufen zu halten.«

»Was interessiert dich denn?«

»Ich habe keine Ahnung. Vielleicht helfe ich demnächst mal in einer Flüchtlingsunterkunft. Wie findest du das?«

»Gut. Wenn du dir das leisten kannst, Übermensch!« Er lacht ganz offen, ganz sympathisch.

Der Junge mit den langen Haaren hat jetzt auch schon einiges intus. Ich dachte nicht, dass ich jemals so viel Liebe empfinden könnte und spüre einen nicht zu stoppenden Drang, den Engelshaarjungen zu küssen, obwohl er es ja nach seinem dummen Kommentar eben eigentlich gar nicht verdient hätte.

Wir küssen uns weich und sacht, ohne jedes Verlangen. Ein Modelagentur-Besitzer drückt sich zwischen uns und knutscht mich jetzt auch. Ich bin mir eigentlich ziemlich sicher, dass er schwul ist.

»Hey, warst du nicht mal Türsteher im Picknick?«

»Ja, aber jetzt vertreibe ich Lösungen für Virtual Reality in LA. Komm doch mal vorbei.«

Anscheinend haben bis auf Yasin alle auf der Party dieses Zeug getrunken und wälzen sich jetzt über- und umeinander. So fühlte sich das bestimmt in den 70ern an. Irgendwann ist alles schwarz. Ich schlafe nicht ein, sondern ich falle in ein ganz tiefes Loch, das keinen Boden hat.

Ich erwache auf einer Bank am Paul-Lincke-Ufer, in der viel zu kalten Aprilluft, argwöhnisch beobachtet von den Mitarbeitern eines Blumenliefer-Start-ups. Es ist anscheinend Gallery Weekend, stelle ich fest, nachdem ich meinen Facebook-Feed durchgegangen bin. Außerdem hat mir mein Exfreund Leon geschrieben.

»Bin in Berlin.«

»Bin müde«, texte ich zurück. Und gebe mir einen Ruck. *»Kann ich mich zu dir ins Bett legen?«*

»Ja.«

Mit der U8 fahre ich zum Rosenthaler Platz und laufe in die Choriner Straße. Jeder meiner Schritte fühlt sich komisch an, mal schwer wie Blei, dann wieder ganz leicht, als hätte mein Körper kein Gewicht. Das Haus scheint eines der letzten zu sein, das noch den Altberliner Abrisscharme hat. Es riecht nach Holz und trockenem Mörtel, die Hintertür ist offen und gibt den Blick frei auf eine verwilderte Brachfläche mit schweren Fliederblüten, frischen wilden Graswogen, Bänken und einem Grill.

Leon macht die Tür auf, ich umarme ihn und er springt sofort wieder zurück ins Bett. Sein Körper ist ganz schwer und fest. Er ist ein bisschen ruhiger und ein bisschen dicker geworden. An der Schläfe hat er ein paar weiße Haare. Und wenn er sehr schnell viel redet, bilden sich kleine Spuckebläschen an einer Seite seiner Mundwinkel. Außerdem ist er der einzige Mensch, den ich kenne, der auch in den Augeninnenwinkeln jeweils eine Wimper hat.

»Was machst du?«, frage ich ihn.

»Ich arbeite viel. Und dann der Master in Curatorial Studies. Wie immer fast am Verglühen … Es gibt einfach so viele Dinge. Dauernd Neues. Aber alles wichtig.«

Auf seinem Kleiderständer hängen vier fast identische hellblaue Hemden.

Ich komme, er nicht, weil ihn das Kokain der letzten Nacht beeinträchtigt.

»Wir haben es von Henriks Schwanz gezogen«, kichert Leon.

»Was? Ich hab dich gerade geküsst!«

»Naja, natürlich nicht direkt. Da war ja ein Röhrchen dazwischen.«

Ich bin nicht wirklich geschockt, sondern eher interessiert. Nach ein paar Sekunden ist es mir aber auch wieder egal, denn ich kann auf Leons Körper liegen, verschlungen, verschränkt und kann ihn stundenlang mit Küssen bedecken, es stört ihn nicht. Es gibt ja Menschen, die das eher unangenehm finden.

Nachdem er zwei Ibuprofen gegen die Zahnschmerzen und eine Xanax genommen, eine halbe Kanne schwarzen Kaffee getrunken und zwei Joints geraucht hat, will er losfahren. Er müsse kurz was am Bodensee besorgen.

Und ich bin wieder wie früher, als wir noch zusammen waren, das besorgte Mädchen. »Ist das nicht riskant?«

Er lacht. »Nee, ich hab doch das Manual der Autobahnpolizei gelesen.«

»Nee, ich meine nicht deswegen, sondern weil du das ganze Zeug genommen hast.«

»Achso, das ist nicht schlimm, ich fahr immer so.«

Als ich wieder alleine draußen in der Dunkelheit stehe, kriege ich kaum noch Luft. Ich will nicht schon wieder alleine sein. Anscheinend bin ich Leon scheißegal. Vielleicht bin ich allen scheißegal.

Die Dunkelheit legt sich um meine Kehle und drückt

sanft zu. Aber eigentlich ist Dunkelheit ja nur die Abwesenheit des Lichts. Warum habe ich vor etwas Angst, dass gar nicht da ist?

Der Boden schwankt, die Pflastersteine bilden ein dynamisches Muster, dass mir schwindelig wird. Alles ist ganz weit weg. Als würde ich eine zweidimensionale Postkarte betrachten. Wie eine Oberfläche, an der alles abperlt. Auch ich. Das ist das Schlimmste. Schmerz ist immerhin da, spürbar. Aber Abgeschnitten zu sein, ist endgültige Einsamkeit.

Ich wünschte, ich könnte mich selbst in die Hand nehmen und zerschmettern. Um dann erlöst aus meinem eigenen Scherbenhaufen wieder herauszutreten. Ich denke an einen kleinen rosafarbenen Vogel, den ich als Kind mal im Garten fand, er war aus dem Nest gefallen, lag auf dem Weg zwischen den Blumenrabatten. Ohne zu Zögern erschlug ich ihn mit einem schweren Stein.

Ich gehe wie ein kleiner Roboter nach Hause. Dort schneide ich eine dünne Linie in meinen Unterarm. Mein Atem kommt zurück.

9. SOME BUSINESS SOAP OPERA

Ich trete aus dem Büro in den anbrechenden Abend. Ich habe nichts geplant. Mein Handy gibt keine Nachrichten von sich. Offensichtlich bin ich ganz allein.

Die Bild-Redakteurin hatte heute einen Rhabarber-Kuchen gebacken, die Online-Redakteurin hatte mir angeboten, ihr Pferd zu putzen, falls sie sich eins kaufe, und die Beauty-Redakteurin vemisste eine Biotherm-Dekolleté-Creme. Da konnte immerhin niemand Holger verdächtigen, wobei der heute sowieso früher nach Hause gegangen war, um Zeit mit seiner neuen Seife zu verbringen, wie er sagte.

Ich gehe langsam Richtung Gendarmenmarkt. Auf dem Gehweg vor den Restaurants stehen ein paar Tische. Über den Stühlen hängen Fleecedecken, damit sich die Touristen keine Lungenentzündung zuziehen in der blassen Aprilsonne. Ich fühle mich ganz okay, was mich irritiert. Ist das jetzt das Leben?

Ich betrachte die bunten Berlin-Souvenirs in einem Laden, der sich auf Ampelmännchen spezialisiert hat. Auf allen nur erdenklichen Gegenständen sind rote und grüne Ampelmännchen gedruckt. Auf Wasserflaschen, Regenschirmen, Kaffeepackungen, Gummibärchen, Türstoppern.

Der Gendarmenmarkt ist hell und sauber. Japanische Touristengruppen machen brav ihre Runden. An den

Säulen des Konzerthauses hat der Künstler Ai Weiwei vor kurzem anlässlich einer Filmgala hunderte Schwimmwesten von Flüchtlingen befestigen lassen. Im Eingangsbereich bot man den Filmschauspielern dann goldene Rettungsdecken an, die sie sich wie einen Umhang umlegen konnten, um damit lustige Selfies zu machen, die sie dann mit einem wichtigen Hashtag auf Instagram posteten.

Zwei Damen laufen an mir vorbei. »Es sieht ja schon ganz hübsch aus mit den vielen Westen. Also, mir gefällt es.«

Ein Boutiquenbesitzer lässt seinen schwarzen Pudel auf dem kleinen Rasenstück neben dem Französischen Dom laufen. Dann verschwindet er mit dem Hund durch die überdimensional großen Türen des Einkaufszentrums Quartier 207. Ich folge ihnen.

Es ist fast leer im Inneren der Passagen, die Luft warm und weich. Unaufdringlicher weißer Marmorboden. Man kann hier das Gleiche kaufen wie überall. Vor dem Schaufenster eines Unterwäschegeschäfts bleibe ich stehen. *Schwarze Spitze oder rosa Baumwolle? Dunkle Verführung oder verspielte Süße? Welcher Typ sind Sie?* steht auf einem bunten Papp-Aufsteller. Eine ganze Wand ist bedruckt mit der Werbung für ein teures Fitnessstudio, das sich in der oberen Etage des Gebäudes befindet. Eine riesenhafte, perfekt proportionierte Frau in einer Fitness-Pose, aber mit Photoshop ausgeschnitten, wirkt seltsam deplatziert auf der glatten Glaswand.

Als ich die Passagen verlasse, hat es angefangen zu regnen. Der Himmel hat sich einfach so geöffnet und monsunartiger Regen klatscht auf die Straßen. Den Regen hatte ich fast vergessen in den Wintermonaten.

Ich laufe zum nächsten Zeitungskiosk und lasse mir vom Kioskbesitzer eine Plastiktüte geben, damit das MacBook in meinem Mesh-Rucksack nicht nass wird. Ich starre auf die Zeitschriftencover, die aufgefächert in der Auslage liegen. Der Focus versucht es mal wieder mit Gesundheit, chinesische Medizin für die Selbstentfaltung. Auf den meisten anderen Titelseiten ist das Gesicht von Angela Merkel zu sehen. Seit der Böhmermann-Affäre haben die Medien ihr wieder ein verhärmtes, beleidigtes Antlitz verpasst. Eine Blitzalterung von der Madonna zur Opportunistin.

Der Mann hinter der Glasscheibe scheint zu bemerken, dass ich ein bisschen weggetreten aussehe. »Genießen Sie den Tag!«

Ich bin richtig erschrocken. »Danke! Ich versuch's.«

Ich nehme die U-Bahn. Am Halleschen Tor muss ich umsteigen. Ein paar schwarze Kids lehnen am Aufgang und versuchen ihr Gras loszuwerden. Sie sind auf der Hut, als hätten sie auch im Hinterkopf Augen.

Ich schaue durch die schmutzigen Scheiben des U-Bahnhofs auf die zart grünenden Weiden, die über dem Landwehrkanal hängen, bis zu den Wohnblöcken auf der anderen Seite. Das ehemalige Postbank-Hochhaus wird zu einem Luxus-Apartment-Komplex saniert. Etwas weiter hinten wohnt Ben. Den hatte ich ganz vergessen. Ich denke, dass es ganz interessant wäre, ihn jetzt zu treffen, genau in dem Gefühl, dass ich niemanden brauche.

Ich schreibe ihm eine Facebook-Message.

»Hey Ben. What's up? I'm around the Corner.«

Zu meiner Überraschung antwortet er sofort.

»Hey! Come over.«

Das Treppenhaus riecht nach Putzmitteln in spanischen Ferienpensionen. Ein türkischer Mann mit einem zusammengeklappten Kinderwagen unter dem Arm und einer Packung H-Milch in der Hand verschwindet, freundlich nickend, in dem Apartment neben Bens.

Bens Tür ist angelehnt. Ich schließe sie vorsichtig hinter mir zu und setze mich zu ihm auf die Fensterbank. Er zieht mich an sich ran, an seinen warmen Körper und sein frisch gewaschenes T-Shirt, und drückt mir einen Kuss ins Gesicht wie eine Mutter ihrem frisch geborenen Kätzchen. Ich schmiege mich an ihn, während er schweigend ein paar geschäftliche Emails beantwortet.

Irgendwann fragt er mich: »Do you wanna lay down?«

Natürlich will ich. Während er mich auszieht, stellt er mir detaillierte Fragen: An was ich in der Redaktion heute gearbeitet hätte. Welchen Text ich als nächstes schreiben würde. Was ich von meinen Kollegen halte. Ich weiß nicht, ob er es einfach heiß findet, wenn ich beim Sex spreche, oder ob er den Smalltalk gezielt als Entspannungsmethode einsetzt. Ich zähle Buchtitel auf, die ich rezensiere und die Namen von Modedesignerinnen, die ich kontaktiert habe. Wir schlafen wieder nicht miteinander und ich frage auch nicht, warum. Er lässt mich lang und heftig kommen, wartet eine Weile, fragt mich dann wieder, was genau in den Büchern passiert, über die ich schreibe, und kommt dann freundlich und leise auf meinen Bauch. Danach verziehe ich mich komplett unter seine Bettdecke, weil ich nicht vorhabe, diesen Ort jemals wieder zu verlassen.

»Marla! Was machst du da? That's creepy!«

Ich habe die Beine an den Bauch gezogen und halte die Arme mit der Decke wie ein Zelt über mich. Und warte, dass er zu mir unter die Decke kriecht.

Ben lacht aber nur irritiert, wieder dieses leicht metallische Klappern.

Ich erröte und lege mich wie ein normaler erwachsener Mensch hin.

Jedes Mal steht eine neue kleine Grünpflanze auf dem flachen Tischchen in seiner Wohnung. Eine unfassbar gepflegte schöne Pflanzenfamilie.

»It's so nice here …«

»Ich muss was einkaufen gehen.« Er drückt und küsst mich professionell aus dem Bett.

»Hast du schon was gegessen?«, frage ich, in der Hoffnung, meinen Besuch doch noch etwas ausdehnen zu können.

»Ja, Burger.«

»Hast du noch einen? Selbst gemacht?«

»Haha, was denkst du denn? Natürlich nicht. Ich hasse den Geruch von Essen in meiner Wohnung. Los jetzt.«

Wir stehen im Fahrstuhl mit der gleißenden Neonbeleuchtung, ich fahre mit der Hand über seine abrasierten Haare und reibe meine Wange an seiner.

»What are you doing?« Ben macht einen Schritt zurück. »Pervert!«

»Du kannst mich nicht pervers nennen!«

»Was wäre dir lieber? Cute?«

Ich denke, ja – warum nicht. Aber da ich mir vorgenommen habe, eine unabhängige junge Frau zu sein, sage ich lieber nichts. Ich schaue ihm in die Augen. Es gibt da etwas Gehetztes, wie bei einem Fluchttier. Wir laufen durch die düsteren Außengänge seiner Wohnanlage. Die grauen Betonwände sind übermalt mit schreienden Regenbogenfarben. »So creepy. But maybe better than the grey, right? Ich glaube, man nennt das Anti-Graffiti, damit niemand den Impuls hat, da was hinzusprühen.«

»Ich würde Grau definitiv besser finden …«

Bevor ich die Stufen zur U-Bahn runtergehe, sage ich: »Bis bald«, obwohl wir uns in den nächsten Wochen bestimmt nicht wiedersehen werden. Eine schwere Traurigkeit spült jetzt von meinem Bauch langsam nach oben, durch die Brust, in die Arme, bis sie irgendwann mein Gesicht erreicht. Jetzt nicht ertrinken, Marla. Aber ich schwimme schon, ganz weit weg, auf dem Grund, zwischen den Feierabend-Menschen. Niemand sieht mich, ich werde unsichtbar.

Ich hatte gehofft, dass Jenna da ist, aber die Wohnung ist still und leer. Vielleicht einfach alles wegschlafen. Obwohl es noch früh am Abend ist. Ich sehe durchs Fenster wie die Dunkelheit von oben in den Innenhof fällt. Eine schwere ölige Masse. Mein Herz schlägt so fest, als würde es gleich rausspringen. Ich werde panisch, gleich könnte sich der letzte kleine Faden lösen, an dem ich hänge, und dann bin ich weg. *Ich bin ich, weil mein kleiner Hund mich kennt*, hat Gertrude Stein mal geschrieben. Aber hier gibt es keinen kleinen Hund. Es gibt nur mich. Und woher weiß ich, ob ich noch da bin, wenn es mir niemand sagt? Ich durchwühle alle meine Handtaschen. Irgendwo müsste noch die Valium sein, die ich mal bei meinen Eltern aus dem Medizinschrank geklaut habe.

Die Pille zerschmilzt auf der Zunge. Ich kann mir nicht vorstellen, wie ein so kleines Ding in einem so großen Körper wirkt, aber nach ein paar Minuten wird mein Herz wieder weicher und ich sinke in die hinterste Ecke des Bettes. Mein Körper fühlt sich jetzt an wie aus Gummi und eine neue Welle von Angst wischt über mich.

Ich mache ein paar Fotos von mir selbst mit der iPhone-Kamera, um von dem Gesicht auf dem Foto zu schließen, wie es mir geht. Ich sehe irgendwie verschwommen aus und checke in meinem Facebook-Messenger, wer gerade online ist. Ben. Eigentlich möchte ich ihn nicht bitten, aber ich weiß nicht, wen ich sonst fragen könnte.

»Ben. Could you stop by?«

»What's up? Hab gerade Business Drinks. LOL.«

»Ich fühl mich sehr komisch.«

Eine halbe Stunde später klingelt es tatsächlich, obwohl er vorher noch nie zu mir nach Hause gekommen ist, und er nimmt mich in die Arme und drückt mich fest und liebevoll. Aber ich bin so weggeschossen, dass ich das nur mit dem Gehirn wahrnehme, spüren kann ich es nicht.

Wir legen uns in stummem Einverständnis aufs Sofa.

»What's that?« Er zeigt aus dem Fenster, wo ein Licht von oben herabsteigt. Ich lache. »Das ist nur der Fahrstuhl!! Was denkst du denn? Aliens?«

»I don't know ...« Ben tut cool, aber ist sichtlich nervös. »Als Kind hatte ich wahnsinnige Angst davor, Aliens könnten mich holen kommen.«

»Haha. Das ist so ziemlich die einzige Angst, die ich nicht habe.« Ich klammere mich an ihn und er drückt mich weiter. Schade, dass wir nie länger als zwei Stunden am Stück zusammen verbringen. Ich würde gern sagen: Lass uns doch einfach ein Kind kriegen und wahnsinnig nett zu ihm sein. Aber das ist natürlich romantischer Schwachsinn.

Irgendwann sind unsere Körper ganz erhitzt. Ich fange an zu schluchzen und zu zittern. »Are you worried about me?«, frage ich ihn. »Ja und Nein.« Er geht nicht weiter auf die Details ein. Als die gefühlten zwei Stunden um sind, überdeckt er mich mit tausend Küssen und verlässt wie ein Geschäftsmann, der seinen Job erledigt hat und sich nun leicht wehmütig von seinem Werk trennen muss, das Haus.

»Bis bald, Ben. I like you.«

»Take care.«

10. I FELL IN LOVE WITH THE SEASIDE

Am nächsten Tag breche ich auf zu einer Pressereise. Mein Körper fühlt sich wund an und mein Kopf brennt. Ich spüle ein paar Ibuprofen mit kaltem Früchtetee runter, den ich noch in der Küche finde. Ich soll ein deutsches Topmodel für *The Dusty Glow* in Hamburg interviewen.

In meinem Zustand kann ich unmöglich die U-Bahn nehmen. Wahrscheinlich würde ich zusammenbrechen. Also setze ich eine Sonnenbrille auf und rufe ein Taxi.

Draußen ist es eiskalt, Daunenjackenwetter, obwohl auf dem Kalender der 29. April steht. Im Innenhof blühen hunderte rot-seidene Tulpen und blaue Hyazinthen, aber mit dem Kälteeinbruch scheint auch ihr Geruch eingefroren worden zu sein. In der Einfahrt ein erster verlorener Löwenzahn.

Der Taxifahrer hält mir die Tür auf. »Hatten Sie nicht mit Hund bestellt?«

»Nein, ich habe gar keinen Hund.«

»Es gibt ja einige Kollegen, die nehmen keine Hunde mit. Ich sage immer, ihr seid selbst dreckiger als die Tiere.«

»Naja, das liegt daran, dass es viele muslimische Taxifahrer gibt und die aus religiösen Gründen keine Hunde mitnehmen dürfen.«

Er fährt los. »Ach, so ein Schwachsinn. Die haben Angst um ihre Ledersitze. Der Islam ist ein Virus! Es gibt so viele Religionen auf der Welt, aber das ist wirklich der größte intolerante Scheiß. Diese Scheiche aus Saudi-Arabien haben teilweise 35 Frauen. Können Sie sich das vorstellen?«

»Ja …«

»Und dann kommen die nach Deutschland mit den 35 Frauen und gehen am Kudamm Chanel einkaufen. Kein Wunder, dass da keiner was gegen den Islam sagt. Die Deutschen sind nämlich abhängig von denen. Das Gesetz stimmt sowieso hinten und vorne nicht. Ein Kollege von mir ist angeklagt worden, weil er seiner Frau mal die Meinung gesagt hat, mit der Faust. Wissen Sie, wir Männer bringen doch das Geld nach Hause und dann muss man schon eine gewisse Entscheidungsfreiheit haben …«

»Aber das rechtfertigt nicht, dass man jemanden schlägt!!«

»Ich erzähle Ihnen mal was. Ich lasse mich im Oktober scheiden. Und zwar kam ich letztens nach Hause und hab meine Frau mittendrin erwischt. In meinem eigenen Schlafzimmer hat die sich mit einem Typen vergnügt. Das war wie im Film. Ich arbeite den ganzen Tag für die Familie, und dann das. Ich aber habe mich zusammengerissen. Ich hab niemanden geschlagen. Weil ich nämlich nicht das Besuchsrecht für meine Kinder verlieren will. Verdient hätte sie es! Ich kann Ihnen nur empfehlen, schauen Sie sich denjenigen sehr genau an, bevor sie heiraten …«

»Oh, da besteht gar keine Gefahr bei mir …«

Im ICE klemmt hinter jedem Sitz das DB-Magazin mit Udo Lindenberg auf dem Cover. Ein junger Mann setzt sich neben mich und macht sich laut über die Ansagen des Zugführers lustig. »Also, Englisch kann der nicht. Und die Fahrkartenkontrolleurin, die hier dauernd vorbeischlappt, der könnte man im Laufen die Schuhe besohlen.« Er trägt einen billigen anthrazitfarbenen Anzug und öffnet den obersten Knopf seines Hemds.

»Sind Sie Unternehmensberater?«, frage ich, um einen Witz zu machen.

Aber er nimmt meine Frage ernst. »Nein, ich komme gerade von einer Trauerveranstaltung.«

»Oh, das tut mir leid. Waren es enge Verwandte?«

»Nein, Schwieger-Großvater sozusagen. Aber die Trauer ist ja immer die gleiche.« Er lächelt und sucht in meinem Blick nach Bestätigung. »Aber das Leben geht weiter. Nicht? Ich bin übrigens Physiotherapeut. Sehr schlecht bezahlt, der Job, das kann ich Ihnen sagen, und dann die ganzen Fortbildungen … Eine Familie könnte ich mit meinem Gehalt nicht ernähren. Wo kommen Sie her?«

»Berlin.«

»Ouf. Ich könnte niemals in einer so großen Stadt leben. Allein schon in der Regionalbahn, da ist es mir zu voll, da muss man in den Feierabendstunden manchmal auf einem Bein stehen. Und letztens kam da so ein Typ durch, mit Plastiktüten, und stinkend, und hat alle angebettelt.«

»Naja, denen geht's halt wirklich schlecht.«

»Das weiß man nicht. Vielleicht geht es ihnen eigentlich ganz gut, und sie betteln nur.«

»Naja, bis man sich dazu erniedrigt, in der Bahn zu betteln, muss es einem schon sehr schlecht gehen.«

»Ich sage immer: Da steckt man nicht drin. Zum Glück!«

Er lacht jetzt sehr laut. Ich vertiefe mich in den süßen schaumigen Erdbeerkuchen von Kamps, den ich mir als Proviant am Bahnhof gekauft habe, aber er schmeckt nicht, oder vielleicht ist auch irgendwas mit meinen Geschmacksnerven nicht in Ordnung. Als der Zug in Hamburg hält, streckt mir der Physiotherapeut seine weiße, dicke Hand entgegen: »Es hat mich sehr gefreut.«

Ich drücke zu, meine heiß und feucht, und seine eiskalt.

Man hat mich leider nicht im Hotel Atlantic untergebracht, sondern in einem neu eröffneten Concept Boutique Hotel in der Hafen-City.

Ich fahre mit der U4 bis Überseequartier. Der U-Bahnhof ist luftig hoch und hellblau gekachelt. Man hört nur das leise, geschmeidige Surren der Rolltreppen. Als ich ans Tageslicht trete, liegt fast vor meiner Nase ein riesiges Kreuzfahrtschiff im grün-grauen Hafenwasser, dann Baustellen, Brachen, Baukräne, die sich drehen. Ein paar Möwen segeln durch den Schneeregen, sonst ist der Himmel ganz leer.

Über eine provisorische Brücke gelange ich zu dem riesigen gesichtslosen Hotelklotz und trete ein. Die Rezeptionistin hat mich schon entdeckt, bevor ich überhaupt ein Anliegen formulieren konnte. »Guten Tag. Wir bieten Ihnen eine kostenlose Tour durch das Hotel an. Möchten Sie daran teilnehmen?«

»Nein.«

»Möchten Sie die Sauna sehen?«

»Nein.«

»Möchten Sie den speziellen Service unseres Kooperationspartners Mini …«

»Nein, danke. Ich reise ja morgen schon wieder ab.«

Die Rezeptionistin ist jetzt sichtlich angepisst. Sie trägt wie alle anderen Angestellten hier ein enganliegendes Jeanshemd und ein gepunktetes Nicki-Tuch um den Hals. Sie starrt mich penetrant an und ich frage mich, was ich tun muss, um einfach schnell mein Zimmer beziehen zu dürfen.

Nach einer Ewigkeit hat sie meine Zimmerkarte codiert und den kleinen Umschlag beschriftet. Die Wände der Empfangshalle sind mit Teilen von alten Hafencontainern und Palettenholz verkleidet. Die Inneneinrichtung des Hotels ist freundlich-kommunikativ, wie eine Mischung aus *Soho House* und *McDonalds*. Ich frage mich, ob demnächst die ganze Welt so eingerichtet sein wird.

In meinem Zimmer hängt eine Schiffsstrickleiter von der Decke, auf der Tapete sind Pottwale, Schiffe und Seemänner zu sehen und überall stehen Slogans: *Die Matrosen kommen, gehen, alles lebt vom Wiedersehen*. Auf einem gerahmten Poster steht: *Butter bei die Fische*. Auf meinem Kopfkissen: *Almost Home. Let's spend the night together*. Auf der Minibar: *Durst ist schlimmer als Heimweh*. Auf dem Nachttisch liegt ein Schlafschaf mit einem Anstecker im Fuß: *Mich können Sie im Hotelshop erwerben*!

Der Spiegel im Bad ist in eine Art Bullauge eingelassen, worauf in orangefarbenen Buchstaben geklebt ist: *Real Place, Real People*. Die Seife kommt aus einem Spender, der befiehlt: *Stop the Water while using me*. Außerdem finde ich ein kleines transparentes Täschchen mit einer handschriftlichen Nachricht der Marketingleiterin des Hotels, eine aggressiv aussehende Zahnpasta, ein Paar »Happy Socks« in Deutschlandfarben und ein Kondom, auf dessen Verpackung *25 Seconds of Fame* steht. Was ich überhaupt nicht verstehe. Ich habe keine Ahnung, worauf dieses Hotelzimmer hinaus will und mir graut jetzt schon vor der Nacht. Mein Blick fällt wieder auf die unruhigen Tätowierungen der Tapete: *After Rain comes Sunshine!* Ich schließe die Augen.

Vorsichtshalber sollte ich schon einmal ein Bitte-nicht-stören-Schild an die Tür hängen, aber das gibt es nicht, stattdessen liegt auf dem Tisch, der einem aufgeklappten Seemannskoffer nachempfunden ist, ein kleines Booklet mit roten und grünen Seiten, welches das Branding eines Autokonzerns trägt. Man kann sich aus 25 verschiedenen Optionen eine aussuchen, was mich komplett überfordert: Rot: »Still dreaming of Taihiti«, »Monster inside«, »I need one hour more«. Grün: »Come as you are.«, »Had a party last night. Don't get a shock.« Ich entscheide mich für »Monster inside«, dusche extra lang und verschwenderisch unter der Wasserfall-Brause, die bei 38 Grad Celsius einen kleinen Blockadeknopf hat. Heißer kann man nur drehen, wenn man den Mechanismus aushebelt. Ich dusche bei mindestens 42 Grad und mache mich danach auf den Weg zur Pressekonferenz.

Das Model Anna Hofmann sitzt in einem weiten legeren Strickpulli an einem Konferenztisch, um sie herum ein paar gelangweilte Printjournalisten und einige junge Blogger, die ein bisschen energischer erscheinen, da sie gerade dabei sind, ihr eigenes Blog-Imperium aufzubauen. Ich komme zu spät und kriege den letzten Platz am Ende des Tisches.

Anna erzählt gerade von ihrer Sportswear-Kooperation mit Zalando. Und dass sie sehr gerne Sport mache und Spätzle esse. Sie kommt aus einem kleinen Ort in Bayern und ist so nonchalant, gesund und professionell, dass es kaum auszuhalten ist. Persönliche Fragen beantwortet sie nicht. Aber falls wir noch etwas zum Thema Zalando wissen möchten, dürfen wir das gerne fragen. Mir fällt beim besten Willen nichts ein. Ich würde gerne wissen, ob sie auch Sex in Sportswear hat. Beiße mir aber auf die Zunge. Manchmal habe ich Angst, dass ich in Gesprächsrunden irgendwann einmal einen Tourette-Anfall bekommen könnte.

Im Anschluss werden wir zu einem Dinner in einem mediterranen Restaurant in der Nähe des Hauptbahnhofs eingeladen. Ich laufe einen kleinen Umweg am Hotel Atlantic vorbei und stelle mir vor, Udo Lindenberg würde zufällig rauskommen und mir wortlos zu verstehen geben, dass wir jetzt in seine Suite hochgehen, um den Rest des Tages in seinem Bett zusammen fernzusehen und Pommes mit Ketchup zu essen. Ich werde aber nur von einem der Portiers gemustert, der seinen Touristen-Abschreckblick aufgesetzt hat.

Im Restaurant treffe ich die Bloggerinnen und Journalisten von eben wieder. Der Laden ist voller hübscher lauter Hamburgerinnen in Cocktailkleidern. Ich sehe keinen einzigen Mann. Auf den Tischen liegt an jedem Platz ein Papieruntersetzer unter den Tellern, darauf gedruckt sind verschiedene Zitate, unter anderem eines von Winnie Poo, darüber steht jeweils ganz groß das Wort »NOTES:«. Und an der Stelle, wo ein Dessertlöffel liegen sollte, ist ein Bleistift, damit man sich, falls man während des Dinners einen kreativen Gedanken hat, diesen gleich notieren kann.

Das Dinner wird gesponsert von Amorette, einem Lovetoys-Hersteller. Als Dekoration liegen passenderweise verschiedenste Vibratoren und bunte Liebeskugeln auf den Tischen. Es scheint niemanden zu irritieren. Die Miesmuscheln werden serviert. Neben mir sitzt die PR-Frau von Amorette und plaudert über die Prozentzahlen weiblicher Orgasmen mit und ohne Behelfsmittel, über das Versagen von Männern ganz allgemein und besonders auf Tinder. Sie hält uns, während wir die Muscheln aufknacken, immer eines der Amorette Objekte hin, damit wir es anfassen können. Sie fühlen sich alle gleich an. Eine seidige, glatte Silikonoberfläche in Pink- oder Violetttönen, leicht zu reinigen und unzerstörbar.

Ich habe immer noch schrecklichen Hunger, esse nach dem Hauptgang heimlich einen Müsliriegel auf der Toilette und verschwinde dann, ohne mich zu verabschieden, zurück ins Hotel.

Als ich in mein Zimmer komme, schalte ich den Fernseher an. Donald Trump hält eine Rede über außenpolitische Beziehungen: *Wir müssen unberechenbar werden! Wachsam!*

Wir sollten unsere Gemeinsamkeiten mit Russland neu entdecken. Ebenso mit China. Angela Merkel testet Golfschläger mit Barack Obama auf der Hannover-Messe. Ein CDU-Politiker verbündet sich in einer Gesprächsrunde mit Gregor Gysi gegen Beatrix von Storch. Thilo Sarrazin versucht die Fassung zu bewahren über die Geister, die er rief.

Ich öffne kurz das Fenster. Es gibt eine hochgezogene Gitterbrüstung, dir mir bis zum Bauchnabel reicht, ansonsten stehe ich vor dem Abgrund im sechsten Stock und ein mulmiges Gefühl breitet sich in mir aus. Der Himmel über dem Hafen ist nicht schwarz und stickig wie über meinem Berliner Innenhof, sondern dunkelblau, mit vereinzelten Orientierungslichtern von Schornsteinen und Schiffen, und die Meeresluft bläst mir ins Gesicht, kalt, klar und ein wenig nach Motorenöl riechend. Es ist unfassbar beängstigend, niemanden mehr zu brauchen. Es fühlt sich zwar frei, aber gleichzeitig unendlich einsam an. Mir fällt ein, dass meine Mutter eigentlich immer ans Meer ziehen wollte. Aber der Gedanke verzieht sich mit dem Nachtwind.

Am Morgen wache ich auf von einem lauten Knall. Ein riesiger dunkler Vogel ist gegen die Scheibe geflogen und hockt jetzt auf dem Geländer. Ich kann seine Umrisse durch die halbtransparente Gardine erkennen und bete, dass es keine Krähe ist. Als würde jetzt alles davon abhängen, ob es sich um eine Krähe oder eine Möwe handelt, schleiche ich zum Fenster und schiebe die Gardine fast unmerklich einen Spalt zur Seite. Zu meiner Überraschung sitzt da eine Taube, eine unfassbar fette Taube mit einem weißen Federcollier um den grün-grauen Hals. Sie blinzelt und dreht den Kopf ein paarmal hin und her, als wäre sie sich nicht sicher, was jetzt zu tun ist. Ich atme tief aus und schlüpfe wieder unter die Bettdecke. Und schaue ein Video auf Facebook, wo einer Meeresschildkröte mit einer Zange ein Strohhalm aus dem Nasenloch gezogen wird. Offensichtlich leidet sie dabei schlimmste Schmerzen und ein dünnes rotes

Rinnsal aus Schildkrötenblut läuft weiter unten durch das Bild.

Remember this turtle when you throw plastic into the Sea: Turtle in pain as plastic drinking straw is pulled from nose.
– 3 likes
If you see this status, you are beautiful, worth it and deserve better
– 489 likes

Ich like beides. Danach klicke ich ein Video an, in dem ein Kampfhund ein Katzenbaby aufzieht. Er leckt das Kleine und bleibt fast mit seiner Zunge an dem flauschigen Bündel kleben. Ich leite den Link an Ben weiter.

Ben antwortet nicht.

Manchmal habe ich das Gefühl, dass ich nur aus Gegenwart bestehe.

Am Hamburger Bahnhof kaufe ich mir eine Tüte Weingummis und die neue CD von Udo Lindenberg, obwohl ich gar nicht weiß, wie ich die hören soll. CD-Player gibt es ja gar nicht mehr und mein MacBook hat kein CD-Laufwerk. Notfalls stelle ich mir die CD einfach ins Regal.

Im Zug setze ich mich ganz ans Ende der zweiten Klasse, so dass ich die Geschäftsmänner mit den gebügelten Hemden durch die Glastür in der ersten Klasse beobachten kann. Vielleicht hätte ich doch BWL studieren sollen.

Am frühen Abend hält der ICE am Hauptbahnhof Berlin. Ein großes graues Aquarium, anonym, licht, hellgrau, unaufdringlich, bis auf die rotierende Ritter-Sport-

Werbung in der Mitte der Halle. Als ich den Fuß auf den Bahnsteig setze, überkommt mich ein sanftes Glücksgefühl. Fast als würde ich nach Hause kommen.

Mein Handy hat den ganzen Tag kein Geräusch von sich gegeben, jetzt vibriert es endlich wieder. Kleiner Körperkontakt an meiner Hüfte.

11. CAFÉ KOTTI

Hey! I think I'm gonna leave the City!
Eine unbekannte Nummer.
Wer ist das?, schreibe ich zurück.
It's Dylan.
Oh … Schon wieder neue Nummer?
Ja.

Wir treffen uns an der Kottbusser Brücke. Er trägt heute eine entwaffnende Uniform aus weiten Hosen, einem schwarz-weiß karierten Shirt, der unschuldigen weißen Schirmmütze und um den Hals eine Kette aus bunten Holzperlen.

»Weißt du, Marla, das Problem ist, wenn man verzweifelt ist, dann kann man nicht präsent sein. Weil man so sehr auf der Suche ist, dann ist man eigentlich gar nicht richtig da.«

Ich kriege einen Schweißausbruch. Aber zum Glück meint er anscheinend sich selbst. Wie komme ich eigentlich dazu, zu denken, es ginge immer um mich?

»Berlin sucks. Der Künstler, für den ich gearbeitet habe, hat mich bestohlen. Auf niemanden kann man sich verlassen.«

Ich kenne Dylan noch nicht lange, aber er erzählt mir jedes Mal, dass er bald nach London, Paris oder LA ziehen wird, und dann landet er doch immer wieder am

Kottbusser Tor. Er sieht so unfassbar hübsch aus. Ich kann es kaum aushalten, ihn nicht zu küssen.

Wir laufen zum Kottbusser Tor. Die Kirschbäume blühen rosa und weiß, Blüten treiben durch die Luft. Die Straßen sind voller Menschen. Durch die Blüten wirbeln Gesprächsfetzen. »Der tut so auf voll integriert. Aber in Wahrheit … das Schwein ist kein echter Muslim. Den sollte man vergasen.« Und drei junge Männer bestätigen das laut.

Am Kottbusser Tor patrouillieren jetzt private Sicherheitsmänner in dunkelblauen Anzügen, auf ihren Rücken prangt das seltsam futuristische Label »Global Security« und an der Leine führen sie einen Rottweiler mit einem silbern-glänzenden Maulkorb. Interessieren tut das aber niemanden. Die Jungs aus den Banden fliegen hin und her und tauschen lachend kleine Inhalte aus. Es hat etwas ganz Altmodisches, wie sie Geld, Scheine und Münzen auf den Handflächen präsentieren und dann wieder in den Hosentaschen verschwinden lassen. Ich sitze mit Dylan auf der Treppenstufe vor dem Kiosk. Er hat mir ein Bounty-Eis mitgebracht, das ich nur esse, weil ich es so nett finde, dass er mir tatsächlich ein Eis gekauft hat. Jetzt schmilzt es in meiner Hand.

»It's hell on earth here …«, seufzt er.

Er deutet mit der Hand nach oben: »Siehst du das pink erleuchtete Fenster da oben. Das ist mein Zimmer. Ich mag es, wenn ich nach Hause komme und das Licht ist an.«

Ich muss lächeln.

»Ich geh jetzt mal«, seufzt er. »Hab zu viele Drogen genommen am Wochenende, ich fühl mich grauenvoll.«

»Ja, klar. Ich muss sowieso nach Hause.«

Die Nacht sickert durch meine Haut.

Im Innenhof treffe ich meinen Nachbarn. Er steht vor der Tür und wedelt mit der Hand vor dem Bewegungsmelder, damit das Licht nicht ausgeht, während er raucht. Er kommt aus Spanien und hat ein paar Straßen weiter ein Café eröffnet, seine kleine Tochter und die Frau schlafen schon.

»Wie geht's?«, fragt er.

»Ganz gut. Dir?«

»Ach, ich musste heute viel am Computer machen … Bin ganz schwindelig im Kopf.«

»Videospiele?«

»Nein nein, ich habe nicht mal ein Handy. Ist nichts für mich. Ich find das ganz schlimm, dass die Leute alle hinter diesen iPhones verschwinden. Letztens habe ich Rebecca morgens zur Schule gebracht. Da kam ein Typ in die Bahn und hat einer Frau einfach ins Gesicht gespuckt. Und: Niemand hat was gesagt. Nicht mal die Frau mit der Spucke im Gesicht. Die haben alle weiter auf ihren Handys rumgemacht und einer hat tatsächlich Kants »Kritik der Urteilskraft« gelesen. Ich habe dann mit dem Typen gestritten. Ich will nicht, dass meine Tochter mit solchen Szenen aufwächst. Wo niemand reagiert. Alle betäubt. Das ist doch krank. Trump, Brexit, der ganze Scheiß, da regen sich die Leute auf, aber Hallo, das hier ist die Realität.« Er haut mit der Faust gegen die Hauswand. »Das hier ist echt. Und wenn wir alles in uns reinfressen, werden wir krank. Ich lebe gerne hier in Berlin, aber ich muss sagen, diese Kultur ist mir fremd.«

Ich scharre mit dem Fuß auf den Pflastersteinen. Ich bin schrecklich müde. Er merkt es, lächelt mich an und sagt: »Ins Bett! Gute Nacht, Marla.« Ich habe keine Ahnung, woher er weiß, wie ich heiße.

Ich nicke ihm zu, fühle mich ein bisschen getröstet, und gehe zu meiner Haustür. Drehe mich dann aber doch noch mal um.

»Und wie heißt du?«

»Pablo.«

Für den Rest des Abends schweigt mein Telefon. Obwohl ich 1675 Facebook-Freunde habe.

12. DIE MITTE DER WELT

Alles setzt sich zusammen. Ich bin einfach nur da. Es ist Sonntag, der 24. Juni, draußen sind 36 Grad, und zum ersten Mal in meinem Leben spüre ich so etwas wie Langeweile, eine trübe wohlige Müdigkeit. Der Brexit wurde entschieden und Facebook schwappt über von apokalyptischen Gefühlen. Zum Glück habe ich keinerlei Wertpapiere, sodass mir der Börsencrash vollkommen egal bleibt. Die einzige Entscheidung, die heute ansteht, ist, ob ich mit Lorenz zum See fahren sollte, oder ob es dazu zu heiß ist.

Da Lorenz sich nicht entscheiden kann, drehe ich eine Runde mit dem Rad durch die Stadt. Rund um die Friedrichstraße ist alles abgesperrt. Polizisten in dunklen schusssicheren Uniformen, mit individuellen Nummern versehen, lehnen freundlich an den Absperrungen, trinken Apfelschorle und beantworten geduldig die Fragen der Passanten, die nicht vorhaben, an einer der folgenden vier Demonstrationen teilzunehmen:

– »Merkel muss weg«
– »Liebknecht hätte es so gewollt«
– »Für ein solidarisches Berlin«
– »Posaunen statt Parolen«

Bei der Eröffnung des ersten veganen Imbisses *Dandy Diner* letzten Samstag in der Karl-Marx-Straße waren weit mehr Besucher hier als Demonstranten. Da musste die Polizei tatsächlich die Straße räumen, hatte mir Holger in der Redaktion erzählt. Er liebt die hausgemachte Rosenblütenlimonade bei *Dandy Diner*, die Badezimmerkacheln und überhaupt die ganze Inneneinrichtung, die vom gleichen Designer stammt, der auch die Berghaintoiletten entworfen hat.

»Schau mal, die Vögel picken die Grassamen vor dem Reichstag auf. Darf man das überhaupt sagen. Reichstag?«, fragt eine junge Frau ihren Begleiter.

Ich gleite mit dem Fahrrad durch die Sommerluft, fahre zwischen den riesigen luftig-grauen Bundestagsgebäuden hindurch und bleibe schließlich vor einer Touristenansammlung stehen. Sie betrachten Glaswände, auf denen das Grundgesetz zu lesen ist. *Die Würde des Menschen ist unantastbar.* Eine leichte Gänsehaut zieht meinen Nacken hinauf. Hinter der Glaswand sind perfekte grüne Rasenflächen zu sehen, die leicht versetzt ineinanderlaufen.

Die Würde des Menschen ist unantastbar. Das steht hier so wichtig ins Glas geschrieben, aber in Wirklichkeit wird diese Würde jede Sekunde verletzt. Irgendwo auf der Welt. In den großen Kriegen und in den ganz kleinen.

Wer schützt mich denn eigentlich? Bedeutet dieser Satz überhaupt etwas? Oder ist das nur eine gut gemeinte Ätz-Gravur in ein Stück Panzerglas? Etwas, das jeder sowieso für selbstverständlich hält und es deswegen gar nicht mehr überprüft.

Die
Würde
des
Menschen
ist
unantastbar

Ich wiege die Worte kurz auf meiner Zunge. Und fahre weiter.

Lorenz hat mir mittlerweile eine Nachricht geschrieben, dass er seine Badehose nicht finden kann und wir uns lieber am Alexanderplatz treffen sollten, um dort ein bisschen rumzusitzen. Mir ist sowieso zu heiß.

Am Fuße des Fernsehturms, gegenüber von Starbucks, bewegt sich ein Rapper mit einer Feder am Hut geschmeidig über hyperrealistische Kreidezeichnungen, die auf den Boden gemalt wurden. Der Künstler hat ein Trompe-l'œíl geschaffen. Es sieht aus, als würde sich ein Abgrund auftun, und in dem Abgrund liegt ein Sternenhimmel. Der Rapper singt: *We are flying higher than the eagle, cocain, blood stain, so vain.* Um ihn herum wogt ein Meer aus braunen PRIMARK-Tüten. Verkaufsoffener Sonntag und baden-württembergisches Weinfest. Was wohl niemals verschwinden wird, sind die alten Straßenverkäufer mit ihren Pelzmützen, Sowjet-Kappen und Gasmasken.

Lorenz lehnt am Eingang des Galeria Kaufhof. Er trägt verwaschene Baggy-Jeans und ein enges geripptes weißes Shirt. Er zwinkert ziemlich viel hinter seiner runden Brille. Ich freue mich jedes Mal sehr, wenn ich ihn sehe, aber unsere Begrüßung läuft immer ein bisschen ungelenk ab.

Wir kaufen uns Softeis mit Hot-Brownies bei Burger King und setzen uns an den Springbrunnen in der Mitte des Platzes. Mittlerweile fühle ich mich ganz wohl am Alexanderplatz. Ich weiß noch, als ich das erste Mal hier war und das Gefühl hatte, an so einem Ort könne man nur verloren gehen. Bei näherer Betrachtung ist der Alex aber gar nicht so unbarmherzig. Wenn man den Fokus von den weiten Häuserschluchten und dem zu großen Himmel nach unten lenkt. Vom Park Inn Hotel fällt ein Mann mit einem Bungee-Jumping-Seil hinab.

»Wie läuft's an der Uni?«

Lorenz zuckt mit den Schultern. »Ach, wie immer …«

Mein Handy klingelt.

»Marla. Sorry, dass ich dich am Sonntag störe, aber wir haben gerade eine spontane Zusage bekommen für ein wichtiges Interview. Das soll die nächste Cover-Story für *The Dusty Glow* werden. Der Typ ist ein schwerreicher Unternehmer und Life Extension Guru. Lass dir bitte was einfallen. Ist im *Soho House* um 15.00.« Frau Kirschmann legt auf.

»Shit. Ich muss los.«

Lorenz ist schon aufgestanden. »Ist doch cool. Bestimmt spannend!«

Ich verabschiede ihn an der U2 und laufe Richtung *Soho House*, die Karl-Liebknecjt-Straße entlang, vorbei an den neuen großen Häusern, die wie aufgeblähte Garagen aussehen. Nicht für die Ewigkeit gebaut. Das Hofbräuhaus, ein Hostel, das H_2O-Hotel.

Das *Soho House* ist ein sogenannter Private Members

Club, das heißt, man bezahlt eine monatliche Gebühr und darf dafür das Restaurant, den Fitnessbereich, den Spa und das Unterhaltungsangebot nutzen, inklusive einer gewissen Privatsphäre. Voraussetzung für die Aufnahme in den Club ist, dass man in einem kreativen Beruf arbeitet. Das Gebäude sieht ein bisschen aus wie eine Burg an der Ecke Torstraße, Prenzlauer Allee. Vor fast hundert Jahren eröffnete hier ein sogenanntes Kreditkaufhaus. Die jüdischen Besitzer wurden jedoch in den 30ern von den Nazis enteignet und man brachte die Reichsjugendführung dort unter. Nach dem Zweiten Weltkrieg zog die SED ein.

Auf Wunsch bekommt man hier den Cheeseburger mit glutenfreiem Brötchen und den Kaffee mit geschäumter Mandelmilch. Viele Freelancer nutzen die Räumlichkeiten als ausgelagertes Büro. So anscheinend auch Helmut Bergdorf, der Unternehmer, und Patrick Grothe, sein Geschäftspartner. Bergdorf und Grothe sitzen topfit und gutgelaunt in der Sofa-Ecke am Rooftop, wo sie mich empfangen. Ich fühle mich schmuddelig und verquollen.

Bergdorf bestellt einen Tee mit Mandelmilch und Grothe einen Green Tea. Ich einen Cappuccino, wobei ich mir einen kritischen Blick einfange. Als dieser dann serviert wird und ich automatisch zwei Würfel Zucker hineinwerfe, schlägt mir Grothe auf die Schulter und flüstert halbernst: »Pass auf, dass der Helmut das nicht sieht!«

Ich schäme mich. Auch automatisch. Grothe ist laut, agil, raumgreifend, wirkt zwischendurch wie ein Kind, aber auch ein bisschen fahrig, als wäre er permanent unterzuckert. Während er redet, knetet er immer eines seiner Edelstein-Armbänder. Ein grünes, ein türkisfarbenes und eines mit pyramidenförmigen Opalen.

Bergdorf sieht vornehm aus, die Augen klar und blau, ein bisschen ins Jenseits gerichtet wie bei einem Propheten, zugleich aber auch sehr deutsch und bodenständig. Er trägt ausgewaschene Jeans und Sneakers.

Mode sei ein antiquiertes Thema, stellen sie während des Gesprächs fest. Nur eine Form der Todesverleugnung.

Die Mission, die Bergdorf formuliert, klingt logisch und vernünftig: Sie wollen den Tod abschaffen. Mittels neuer Technologien, Sport und Nahrungsergänzungsmitteln. Alterskrankheiten sind nichts, was man hinnehmen müsse. Und das ewige Leben sei gleichzeitig ein Segen für das Gesundheitssystem.

»Ich komme aus dem IT-Bereich und ich bin gewöhnt, dass Probleme prozessorientiert gelöst werden. Warum nicht genauso prozessorientiert denken, wenn es um die menschliche Gesundheit geht? Geht man zu einem Automechaniker, will man ja auch ein einwandfreies Ergebnis. Und wenn Flugzeuge so gewartet werden würden wie der menschliche Körper von Ärzten, dann würden jeden Tag mindestens hundert abstürzen.« Alles, was Helmut Bergdorf sagt, hat die gleiche hellblaue, gewissenhafte Qualität von Überzeugung. Made in Germany sozusagen.

Bergdorf ist eigentlich ein Fan von Raumfahrt und Robotik, hat sich aber entschieden, in den Gesundheitssektor zu investieren. Denn einer müsse es ja machen. Er konzentriert sich dabei erst einmal auf sich selbst, ist sozusagen sein eigenes Versuchsobjekt. Um dann seine Erkenntnisse für alle zugänglich zu machen. Und so funktioniert auch das Projekt *forever life*, das er mir vorstellt. Eine digitale Open-Source-Community. Denn nur durch Vernetzung komme man weiter: »Die DNA des Menschen ist ja auch nur ein Code. Und konsequent weitergedacht, kann man den programmieren und hacken. Wenn alles gut geht, können wir mit 85 noch gesund und munter mit unseren Buddies Snowboard fahren. Oder mit 150.«

Ich finde das alles sehr einleuchtend, aber mir wird gleichzeitig sehr mulmig zumute. Wer möchte denn schon ewig leben? Und was ist, wenn man gar nicht Snowboarden kann? Grothe hat einen riesigen goldenschimmernden Multifunktions-Rucksack dabei. Er hat lange suchen müssen, um die passende Tasche zu finden, erzählt er. Da müsse alles reinpassen, was ein *Forever Life*-Nomade braucht: Sportsachen, Computer, zwei riesige Glasflaschen. In der einen ein bräunlicher Smoothie aus Kale, Spinat und Himbeeren. In der anderen ein weißliches Gemisch aus Mandelmilch, Pflanzen- und Fischölen. Er trinkt nebenbei einen Schluck aus der zweiten Flasche. Und lässt mich probieren.

Mir wird übel.

»Nee, nee«, sagt er, »das ist nur die Reaktion deines Körpers, der sagt: Geil, das ist genau das, worauf ich gewartet habe. Kurzkettige Öle und beste Fette, die direkt ins Gehirn gehen!«

Ich bestelle ein Mozzarella-Tomaten-Ciabatta.

Grothe schüttelt den Kopf. »Dein Körper kämpft jetzt mit dem Gluten. Da wird sich der Magen erst nach Wochen wieder von erholen.«

Ich kann das nicht bestätigen. Das Ciabatta fühlt sich genau richtig an.

13. ICH FRAGE DIE STERNE UND SIE VERSTUMMEN

Meine Oma hat heute Geburtstag. Ich habe eigentlich keine Lust, das Wochenende mit der Familie zu verbringen, aber einen neunzigsten Geburtstag kann man nicht einfach wegklicken. Ich packe also eine kleine Reisetasche.

Meine Mitfahrgelegenheit wartet am Kottbusser Tor, wo jetzt ein riesiges H&M-Plakat hängt, auf dem ein kurzhaariges junges Mädchen zu sehen ist, das einen Military-Ganzkörper-Overall für 19,99 Euro trägt.

Die Fahrerin ist Amtstierärztin. Während der Fahrt erzählt sie mir von ihrem tristen Alltag. Die Höhepunkte ihrer Berufslaufbahn waren zwei Totalräumungen von Kuhställen und die Entdeckung von vierzehn Hundeleichen auf einem Privatgelände. Niemand mag die Amtstierärzte, seufzt sie. Auf der Rückbank sitzt, besser gesagt, liegt halb, eine weitere Mitfahrerin, eine junge Frau mit verfilzten Haaren. Sie hustet die ganze Zeit und der Geruch von Reiswaffeln und Erdbeerjoghurt weht nach vorn. »Ich hab so viel geschrien auf dem Tantra-Seminar«, krächzt sie.

Wir lassen sie in Bielefeld raus und ich bin froh, als sie weg ist. An der Autobahnraststätte teilt die Amtstierärztin Brot und hartgekochte Eier mit mir und lässt mich dann in Burgen auf dem Fabrikgelände meiner Familie raus.

Amman Medical Supply, steht auf einem verwitterten Schild, das seit den 90er Jahren niemand mehr sauber gemacht hat.

Burgen ist ein typisches westdeutsches Dorf in Nordrhein-Westfalen. Unser Haus liegt vereinzelt an einem kleinen künstlichen See, versteckt hinter einer Reihe aus dunklen Tannen und weiß blühenden Ebereschen. Mein Vater arbeitet seit der Schließung des Familienunternehmens im *Center for Medical Research* in Düsseldorf und meine Mutter ist sowas wie ein selbst auserwähltes Medium. Sie hatte eigentlich Kunstgeschichte studiert, aber nur eine Weile im Sekretariat des ortsansässigen Kunstvereins gearbeitet. Den Job hatte sie schnell wieder gekündigt, weil sie sich ganz der Kindererziehung widmen wollte. Mit den Jahren befasste sie sich immer mehr mit Astrologie und eröffnete dann vor fünf Jahren eine Praxis für Lebensberatung, die im Souterrain unseres Hauses untergebracht ist.

Das Haus meiner Großeltern liegt nur ein paar Straßen weiter bergauf, hinter dem alten Ortskern mit den Fachwerkhäusern. Wenn man dort von der obersten Etage Richtung See blickt, dann sieht man unser Haus. Es leuchtet irgendwie weißer als die anderen. Und meine Großeltern können kontrollieren, ob im Schlafzimmer meiner Eltern noch Licht brennt.

Vor dem Haus meiner Großeltern steht immer ein agentengrauer, alter Mercedes, das gleiche Modell, das Helmut Kohl damals gefahren hat. Ein bisschen breiter als normal, mit gepanzerten Türen. Man kann damit alles machen, außer auf den Autozug nach Sylt fahren, wegen der Übergröße.

Obwohl mein Großvater schon 94 Jahre alt ist und zwei künstliche Hüften hat, fährt er immer noch. Sehr zum Leidwesen meiner Oma und meiner Tante, die mit ihren acht Katzen und zwei Zwergziegen in einer Remise im Garten wohnt. Aber sie können ihn nicht davon abbringen.

Mein Großvater hatte in dritter Generation eine Fabrik für die Herstellung medizinischer Bedarfsartikel geleitet. Das Fabrikgebäude liegt immer noch an der Bundesstraße von Burgen, ist aber mittlerweile verwaist. Mein Vater wollte das mittelständische Unternehmen damals nicht übernehmen, was mein Opa ihm nie ganz verziehen hat. Heute sind sich alle im Ort einig, dass das eine sinnvolle Entscheidung war, denn wahrscheinlich wäre er sowieso von einem größeren Konkurrenten geschluckt worden.

Ich laufe durch ein kleines Waldstück, dann die Straße mit den holprigen Pflastersteinen hinauf zum Haus meiner Großeltern. Als ich in die Einfahrt biege, schneidet mein Großvater gerade eine Reihe von Rotdorn-Bäumen zurecht. Meine Tante stürmt auf mich zu, drückt mich herzlich und beschwert sich. »Er will einfach keine Handschuhe anziehen. Dabei hat er schon ganz blutige Hände …« Mein Großvater schüttelt stumm und stur den Kopf, legt die Schere beiseite und nimmt mich ebenfalls in den Arm. Sein Bart kratzt an meiner Wange, was gut tut, denn eigentlich fühle ich mich heute wie aus Eis. Bisher ist nicht viel zu mir durchgedrungen.

»Ah, schön dass du da bist, Heidrun!« Mein Opa lächelt.

Heidrun ist der Name einer seiner Töchter, aber ich korrigiere ihn nicht. Meine Oma kommt jetzt auch aus dem Haus.

»Mäuschen!«, ruft sie. Sie wird jedes Jahr ein bisschen kleiner, verliert aber nichts von ihrer stechenden Präsenz. Ihre Augen sind hellwach. Sie sieht aus wie ein altes Kind.

»Geht's dir gut?« fragt sie.

»Ja ...«

»Wirklich? Ich sehe doch, dass es dir nicht gut geht.«

»Nein, alles super.«

Wir gehen ins Haus, um Zwetschgenkuchen mit Sahne zu essen und Filterkaffee aus der Thermoskanne zu trinken. Durch das geöffnete Fenster hört man das Quaken der Frösche vom See. Überall stehen Blumenvasen mit Ästen von Sträuchern aus dem Garten, an denen wiederum kleine bunte Glasanhänger baumeln. Die Orchideen räkeln sich auf den warmen Fensterbänken. Ein bisschen fühlt es sich an wie eine Zeitreise in die 60er Jahre. Nussbaumschränke, schwarzer Granit und cognacfarbenes Leder, Ölgemälde mit Schiffen und welche mit Bergen.

Auf dem Schreibtisch im Wohnzimmer stapeln sich die Geburtstagsgeschenke von Leuten aus dem Dorf. Präsentkörbe, rote Würste, Weinflaschen und Fruchtsäfte.

Mein Großvater nimmt einen Werbebrief von einem Stapel alter Papiere und zeichnet auf der Rückseite eine Tabelle. Darin listet er die Geschenke auf:

1 geräucherte Wurst: Elisabeth.

1 Apfelkuchen: Kristina.

1 Packung Pralinen und ein Buch: Hans-Jochen.

Er fragt meine Tante: »Und wie nennt man den Kuchen, den Elise mitgebracht hat?«

»Bie-nen-stich, Papa!«

Da mein Opa eigentlich kaum noch etwas hört, wird ihm alles in einzelnen Silben serviert, laut und artikuliert, so dass hier im Haus immer ein wildes Geschrei von Silben und einzelnen Wörtern herrscht.

Meine Großmutter hat den Fernseher angestellt, um sich ein Spiel ihres Lieblingsfußballvereins anzuschauen. Ich betrachte unterdessen die Familienfotos im Regal. Es gibt auch einige von mir, einem blonden Lockenkind mit brachialer Energie, das auf manchen Bildern ein nachdenkliches Gesicht macht. Irgendwann, je älter ich werde, ich kann nicht genau sagen, wann, gibt es einen Knick. Ich bin noch auf den Fotos zu erkennen, aber gleichzeitig bin ich auch ein anderes Kind. Es sieht aus, als würde ich verschwinden.

»O-pa. Ich geh mal rü-ber«, schreie ich.

Ich habe wirklich überhaupt keine Lust, meine Eltern zu sehen, aber ich denke mir, dass mein Vater sich das mit dem Dauerauftrag noch mal anders überlegen könnte. Und überhaupt, einen Versuch ist es ja immer wert.

Ich drücke auf die breite Taste der Klingel. Es klebt ein neues Namensschild dahinter. Die Namen von uns Kindern stehen nicht mehr drauf.

Nur noch: Hilde und Robert Amman. In kleinen silbernen Lettern. Das Haus ist eine ehemalige SS-Villa, die, bevor meine Eltern dort eingezogen sind, lange rehabilitiert wurde, indem dort ein Zentrum für politische Gedenkkultur untergebracht worden war.

Es ist feuchtwarm, die Steine in der Einfahrt haben Schatten vom Moos, das regelmäßig mit einem Sandstrahler entfernt wird. Eine Frau, die ich nicht kenne, öffnet die Tür.

»Guten Tag?«

»Hallo. Ich wollte zu meinen Eltern. Wir sind verabredet um 17 Uhr. Ich bin Marla.«

Sie nimmt meine Hand scheu entgegen und weicht meinem Blick aus.

»Ah. Ich soll Ihnen ausrichten, ihre Eltern verspäten sich. Ich bin die neue Haushaltshilfe. Sie kennen sich ja aus.« Die Dame entzieht sich meiner Gegenwart wie eine Blindschleiche und schlüpft in die Küche. In der Tat hat sich kaum etwas verändert. Das Haus ist irgendwie steril. Es ist so sauber, dass selbst der Staub sich hier unwohl fühlen muss. Der Boden ist mit Kacheln aus hellem Marmor gefliest, weil meine Eltern das damals praktisch fanden in Verbindung mit der Fußbodenheizung und zum Reinigen, denn wenn man so direkt am Wasser wohnt, bringt man gerne feuchten Dreck mit ins Haus. Die Wände sind leer. Mir war das früher nie aufgefallen. Bei anderen Leuten hängen ja meistens Kinderzeichnungen, Hochzeitsbilder oder irgendwelche Familien-Souvenirs an den Wänden. Hier ist alles ganz leer. Lediglich im Esszimmer über der Anrichte hängt ein großes antikes Ölgemälde. Vermutlich aus der Biedermeier-Zeit. Darauf zu sehen ist eine Katze, die vor einem umgeworfenen hölzernen Fass sitzt und mit der Pfote nach zwei bunten Schmetterlingen hascht.

Mein Bruder und ich hatten das vor vielen Jahren auf dem Flohmarkt gefunden und meinen Eltern zu Weihnachten mitgebracht. Meine Mutter erschrak damals,

als sie das Geschenkpapier heruntergezogen hatte: »Ich hatte schon immer Angst vor Schmetterlingen!«

Ich wusste nicht, ob das Koketterie war oder ob sie wirklich ein Problem mit Faltern hatte. Aber immerhin haben sie es aufgehängt.

Das Studio meiner Mutter ist verschlossen. Da ich keine Lust habe, die Treppen zur Schlafetage hochzusteigen, gehe ich in das Arbeitszimmer meines Vaters. Ich bin sowieso schon müde. Sobald ich das Haus betrete, überfällt mich immer eine unendliche Müdigkeit.

Mein Vater arbeitete meistens den ganzen Tag im CFM oder war auf Vorträgen in der ganzen Welt unterwegs. Sein Arbeitszimmer diente eigentlich nur zum Empfangen von Arbeitskollegen und als Standort für den Hauptcomputer.

Das Surren der Computerkühlung ist wohl eines der vertrautesten Geräusche für mich. Die Tür ist offen. Ich setze mich an den Schreibtisch und bewege gedankenverloren die Computermaus in ein paar Schwüngen über den dunklen Holztisch, woraufhin der Bildschirm aufleuchtet: Ein wissenschaftliches Paper über die Bedeutung von Proteinketten im Erinnerungsprozess.

Hiermit weise ich ausdrücklich darauf hin, dass eine bewusste Löschung von Proteinketten nicht nur Konsequenzen für den gewählten Inhalt hat, sondern meistens das gesamte Erinnerungsvermögen beeinträchtigt. Es ist trotz zahlreicher Versuche auch im humanen Bereich noch nicht gelungen, das Ziel so einzugrenzen, dass lediglich die vorher bestimmte Information getilgt wird … Die Einführung der Behandlung im klinischen Bereich ist noch nicht hinreichend gestützt…

Blablabla. Ich konnte mich noch nie für den Forschungszwang meines Vaters begeistern. Ich klicke mich weiter durch die Dokumente. MARLA. Ich bin gerührt. Er hat sogar einen Marla-Forschungsordner angelegt.

Ich bin durchnummeriert. Hunderte von Fotos. Und ein paar Scans:

Mein Grundschulzeugnis.

Meine Urkunde als Gewinnerin des Vorlesewettbewerbs.

Geburtsurkunde.

Mein elektronischer Geburtspass.

Und ein Dokument namens *Growing Control Sheet.*

Ich höre die elektrische Entriegelung der Haustür. Hastig bewege ich mich ins Nebenzimmer, setze mich an den Esstisch und schlage ein Mode-Journal auf, in dem Models mit Bio-Prothesen abgebildet sind.

»Hey!«

Ich drehe mich um. Sofort schießen mir Tränen in die Augen.

»Lennart! Was machst du denn hier?«

Mein Bruder senkt den Blick, drückt mich kurz und mit einem Widerstand auf der Brust und fängt sofort an, von seiner letzten Gletscherüberquerung zu erzählen. Es sei immer gut, wenn man darauf vorbereitet sei, in eine Gletscherspalte zu fallen. Man könne jederzeit in Gletscherspalten fallen.

»Lennart, wir haben uns seit einem Jahr nicht gesehen!«

Ich erwarte irgendeine Regung. Er schaut mir nicht in die Augen.

»Ich hatte viel zu tun. Ich arbeite jetzt auf einer Bergwachtstation in den französischen Alpen. Ich komme nur noch selten in die Stadt.«

Mein Blick wandert seine Umrisse entlang, er hat viel breitere Schultern, sein Kindergesicht ist mittlerweile von einem dunklen Bart umwuchert, seine Locken, die er jahrelang mit Haargel bändigte, stehen wild um seinen Kopf. Er trägt eine dicke Brille, wie immer, die seine riesengroßen blauen Augen mit den langen Giraffenwimpern verkleinert.

Der alte Kater streicht um seine Beine, ihn lässt er. Ich würde gern wissen, ob Lennart wohl mittlerweile eine Freundin hat.

»Wie geht's dir denn?«, frage ich.

»Sehr gut. Und dir?«

»Geht so. Es hat sich viel verändert.«

»Ja, das ist doch gut.«

»Klar.«

Er hat sein Survival Equipment im Wohnzimmer ausgepackt. Lauter glänzende Haken, neue bunte Seile, schillernde Hightech-Materialen, wasserfeste Beutelchen, Schuhe in Neonfarben, ein Zelt, das man auf die Größe einer Handtasche falten kann und eine Isomatte, die zusammengerollt so groß ist wie eine Milchschnitte.

Lennart und ich hatten uns als Kinder nicht besonders viel zu sagen. Er saß in seinem Zimmer, schraubte Computergehäuse auf und versuchte, die Platinen zu verstehen. Oder probierte aus, was man mit einem Quellcode alles machen konnte. Ich saß im Garten und war traurig und feilte an Interpretationen von Marie von Ebner-Eschenbach-Gedichten und las die *Vogue* und träumte von meiner existenziellen Auflösung in eine Kulisse, die aus Büchern und Bäumen gebaut war. Was zehn Jahre später durch die Erfindung der Concept Stores eingelöst werden sollte.

Wir hatten uns noch weniger zu sagen, nachdem wir uns ein paarmal um den Wohnzimmertisch gejagt und ich ihm dabei einmal seine dicke Brille heruntergeschlagen hatte, die er schon als Baby tragen musste. Das war das einzige Mal, das ich ihn wirklich wütend erlebte. Er verlor die Kontrolle über sein friedliches Forscherdasein und biss mich so fest in die Hand, dass mir der Finger wieder angenäht werden musste. Er wollte nie, dass ich ihn an die Hand nahm.

Ich weinte viel als Kind. Ich kann mich nicht an einen Tag erinnern, an dem ich nicht geweint hätte. Mein Bruder gründete mit vierzehn seine erste Firma, verdiente ein paar tausend Mark mit Aktienderivaten und las nur noch das Kleingedruckte der Financial Times, die er von seinem Taschengeld abonniert hatte. Nebenbei sammelte er relativ wahllos die Firmenberichte von Aktiengesellschaften, die er in seinem Zimmer stapelte. Sein Schulpraktikum absolvierte er mit sechzehn in einem Software-Unternehmen, das ihn ein Jahr später nach Kalifornien schickte, wo er Business-Beziehungen für das Lokal-Unternehmen aufbauen sollte. Dann arbeitete er ein paar Jahre in einem Start-up in den USA, welches es sich zur Aufgabe gemacht hatte, den Zufall aus der Welt zu schaffen und alle Handlungen prognostizierbar zu machen.

Er steht gedankenverloren zwischen seinen Haken und Schnallen. Ich würde mich so gerne entschuldigen für all die Male, die ich seine Brille heruntergehauen habe. Aber ich traue mich nicht. Ich weiß, er würde sich über mich lustig machen.

»Ich geh mal in die Badewanne«, sagt er und schon ist er wieder weg.

Ich gehe in den Garten und mache eine Runde um das Haus. Vor vielen Jahren hatte ich einen kleinen Ableger eines Essigbaums gepflanzt. Mit der Zeit war ein kleiner, knorriger aber stabiler Baum daraus geworden. Fast wie ein Bonsai. Er wuchs nicht nach oben, sondern eher buckelig zur Seite. An der brüchigen Rinde zogen sich gräuliche hübsche Flechten entlang, und obwohl er so verrunzelt und schief war, wurde er zu einer kleinen eleganten Schönheit, sobald die Knospen und dann die fiedrigen rötlichen Blätter mit den Samthaaren durchbrachen. Ein bisschen exotisch neben der Buchenhecke. Doch ich kann ihn nicht mehr finden. Der Rasen ist von Moos durchzogen und als ich mit der Schuhsohle darüber schabe, kommen nur noch ein paar Reste seiner trockenen Wurzeln hervor. Mein Herz bleibt für einen kleinen Moment stehen. Ich renne ins Haus.

Meine Mutter erscheint auf einmal in der Tür, blass, mit missbilligendem Blick. Sie scannt mich wie ein gefährliches Gepäckstück.

»Mama, wo ist der Baum hin?«

»Marla, mein Schatz, Liebling, wie hab ich dich vermisst. Du siehst … gut aus. Viel … erwachsener.«

Ich sage nichts. Ich warte darauf, dass sie mich in den Arm nimmt.

Ich warte.

Sie ist ganz offensichtlich irritiert, dass ich sie nicht überschwänglich drücke und herze, wie ich es sonst immer tue. Ich warte, dass sie den ersten Schritt macht und bleibe vollkommen festgewurzelt stehen. Wir mustern uns wie zwei Raubtiere, die wissen, dass sie sterben könnten, wenn sie nur eine falsche Bewegung machen.

Es fällt mir schwer, sie wirklich mit offenem Blick anzusehen. Es ist, als würde aus meinem tiefsten Inneren immer wieder eine sanfte Jalousie über meine Augen gezogen werden. Der Vorhang fällt und fällt mit solcher Schwerkraft, aber ich blinzle und klammere mich innerlich an mich selbst. Gleichzeitig steigt jetzt eine unendliche Müdigkeit in mir hoch, ich möchte sofort umfallen und tausend Jahre schlafen. Ich kämpfe hinter diesen Gardinen. Jetzt nicht müde werden!

Nicht müde werden, sondern dem Wunder immer wieder wie einem kleinen Vogel die Hand hinhalten.

Das hatte meine Mutter mir in mein Poesie-Album geschrieben.

Die Sprache kann die Seele nicht malen.

Das hatte ich mir später in mein Mathematik-Buch geschrieben.

Durch die Terrassentür weht kühle Luft herein. Sie sieht so schön aus, in ihrem weißen schulterfreien Sommerkleid, mit den langen, lockigen Strähnen. Ich kann kaum widerstehen. Sie hat jetzt die Hände geöffnet wie eine Marienfigur, aber ich bewege mich immer noch nicht. Nach ein paar Sekunden, die sich wie eine Ewigkeit anfühlen, seufzt sie und lässt die Hände wieder sinken.

»Darling. Ich erkenne dich kaum wieder. Irgendwie bist du sehr kratzig geworden. Aber komm, wir trinken einen Tee. Ich bin sehr erschöpft. Ich habe mich den ganzen Tag mit einem Buch über das Münchhausen-Stellvertreter-Syndrom auseinandergesetzt. Eine ganz großartige Frau, diese Autorin. Ich habe sie mal in einem Workshop kennengelernt. Sehr inspirierend. Unsere neue Haushaltshilfe ist jedenfalls nicht wirklich eine Erleichterung, sie macht mehr Unordnung, als wir vorher hatten.«

»Mama, mein Baum ist weg. Was ist passiert?«

»Welcher Baum denn, Schatz?«

»Mein Essigbaum!«

»Ach, der hatte letztens einfach keine Blätter mehr. Da haben wir ihn abgemäht.«

»Was? Das kann doch gar nicht sein … Vielleicht hatte er einfach nur keine Blätter diesen Sommer …«

Ich breche in Tränen aus. Sie schaut mich irritiert an.

»Hast du ihn vergiftet, Mama?«

»Wie bitte? Wie kommst du auf so einen Mist? Die Natur gibt und nimmt … Da muss man jetzt nicht so dramatisch werden.« Sie lächelt. Ihr Mund ist irgendwie schief.

Dann seufzt sie. »Es war so schön, als du ein kleines Baby warst. Da konnte ich deinen Kopf einfach in meine Hand legen. Meine kleine Cinderella. Meine Baby-Barbarella.«

Sie ist jetzt zu mir rübergekommen und will ihre

Hand auf meinen Kopf legen. Ich schlucke und weiche ihr aus.

»Ja, natürlich. Lass uns doch einen Tee trinken.«

Sie geht in die Küche, hantiert mit verschiedenen Kräuterboxen herum. Und brüht dann einen Tee auf.

»Eigentlich mag ich ja gar keinen Tee. Aber ich muss so ein Detox-Programm machen ...« Sie gießt uns jeweils eine Tasse voll und verzieht das Gesicht, als würde sie jetzt schon alles, was kommt, grauenvoll finden.

Der einzige Raum im Haus, der eine echte Einrichtung hat, ist die Praxis meiner Mutter. Dort sitzen alte Kuscheltiere in den Bücherregalen und an den Wänden hängen ein paar Kalenderblätter, Ausschnitte aus Zeitschriften über Joseph Beuys und ein Computerausdruck der »Todesfuge« von Paul Celan.

Sie setzt sich auf ihr Sofa mit den bunten Tüchern und blättert in einem Psychologiebuch. Zwischendurch macht sie sich Notizen mit einem Kugelschreiber, der in einer altmodischen Gänsefeder untergebracht ist. Sie sieht aus wie die Reinszenierung einer alten Fotografie. Ich setze mich an das Fußende ihres Diwans. Der Tee schmeckt nach feuchtem Heu.

»Und sonst so? Was habt ihr gemacht gestern?«, frage ich, um ein neutrales Thema anzuschlagen.

Meine Mutter seufzt tief und theatralisch. »Ouf. Wir waren auf einer unerträglichen Grillparty. Also, ich finde diese Menschen, mit denen sich dein Vater umgibt, ja alle ganz schlimm. Unfassbare Proleten. Und das, obwohl es studierte Mediziner sind. Es gibt so nette Menschen. Ich frage mich, warum wir nicht mit denen befreundet sind. Also, es ist ja normal, dass Menschen auch Persönlichkeiten haben, sonst wären sie ja Maschinen. Aber solche Menschen …«

»Warum befreundest du dich denn dann nicht einfach mit Menschen, die du magst?«

»Ich kann inhaltlich nicht mit dir reden, Marla. Wenn du mit mir etwas Tiefergehendes besprechen möchtest, können wir das gerne mit einem Psychologen oder Mediator machen. Ich möchte auf der Ebene von Gefühlen wirklich keine Zweiergespräche mit dir führen. Das habe ich dir doch schon mal gesagt.«

Sie gähnt. Mir fällt ein, dass ich in einem von ihren Büchern mal gelesen habe, dass Psychopathen auffällig oft gähnen, weil es so anstrengend ist, die Gefühle zu unterdrücken.

Sie gähnt wieder. »Ich bin auf einmal schrecklich müde. Ich glaube, ich muss einen kleinen Mittagsschlaf machen. Mit dieser neuen Praxis habe ich mir wirklich einen Klotz ans Bein gehängt. Aber ich denke, das ist mein Weg. Ich muss Menschen helfen. Man kann nicht die Augen vor der eigenen Mission verschließen. Und wie läuft es in Berlin?«

»Ach, ganz gut …«

»Ich sage immer: Wenn man selbst so ein problematischer Mensch ist, dann muss man sich auch mit den Problemen der anderen arrangieren.«

»Unbedingt.«

»Ich bin so erschöpft, Marla. Dein Vater nimmt mir nichts ab. Er kümmert sich nur um seine Forschung … Und zu allem Überfluss engagiere ich mich jetzt auch noch in der Flüchtlingshilfe. Dort habe ich es aber zu einem gewissen Erfolg gebracht.«

»Sag mal Mama, ist eigentlich alles in Ordnung?«, presse ich hervor.

»Was meinst du?«

»Also zwischen dir und mir?«

»Natürlich, ich liebe dich mehr als mein Leben, Marla. Du bist der Mensch, dem ich am meisten vertraue. Ich würde mein letztes Hemd für dich geben.«

»Aber ich habe irgendwie nicht den Eindruck, dass du mich überhaupt wahrnimmst.« Meine Stimme ist kurz davor, sich zu überschlagen. Ich versuche meine Wut im Bauch zu bändigen. Ich krächze heraus: »Ich frage mich manchmal wirklich, ob du mich überhaupt magst.«

Der Blick meiner Mutter verfinstert sich so sehr, dass es wirklich aussieht, als würde ihre Augenfarbe von grün zu schwarz wechseln.

»Das ist eine Unverschämtheit, Marla. Kaum bist du hier, sabotierst du schon wieder alles. Du bist ein undankbarer Teufel. Ich habe *alles* für dich getan.« Sie heult auf, als hätte ich ihr eine schwere Wunde verpasst und rennt aus dem Raum. Ich laufe hinter ihr her. Im Wohnzimmer fegt sie mit dem Arm eine riesige Blumenvase von der Anrichte. Ich ducke mich automatisch, das alte Taubheitsgefühl kriecht wieder, von den Lippen ausgehend, in meinen Körper.

»Siehst du! Was du getan hast!« Sie schreit jetzt so laut und schrill, dass die Fenster der Vitrinen leicht vibrieren.

»Dein Vater hat das einzig Richtige getan. Du bist hoffnungslos. Womit habe ich das verdient. Meine Kinder sind undankbar. Der eine schmeißt sein Studium, um in die Berge zu ziehen, und die andere ist eine Prostituierte.«

In dem Moment kann ich mich nicht mehr halten. Ich schlage sie ins Gesicht. Mit voller Wucht.

Ihre Züge sind verzerrt von Hass und Verachtung, sie tut aber so, als hätte der Schlag sie gar nicht wirklich getroffen. Dabei schimmert ihre Wange ganz rot. Dann dreht sie sich wortlos um und geht wieder die Treppen runter in ihr Studierzimmer. Ich laufe zitternd hinter ihr her. Und bleibe dann im Türrahmen stehen, um mich zu entschuldigen. Ich fühle mich erbärmlich.

Sie hat mir den Rücken zugedreht. »Lass mich bitte in Ruhe, Marla. Ich muss mir noch ein paar Schuhe bestellen. Ich bin morgen Abend zu einem sehr wichtigen Heilpraktiker-Treffen eingeladen. Wenn ich noch vor 16 Uhr bestelle, dann kommen die morgen mit der Prime-Lieferung an.«

Ich nicke. Ich zittere am ganzen Körper. Nicht weil ich sie geschlagen habe, sondern weil der Schlag überhaupt keinen Effekt hatte. Es ist ganz gleich, was ich tue, fällt mir auf einmal auf. Ich könnte ihr erzählen von all dem Schmerz in den letzten zwanzig Jahren, ich könnte ihr von der Einsamkeit, von den Albträumen, von den Bauchschmerzen, von der Hilflosigkeit, der Wut, den Schnitten, den Tränen, der Verzweiflung, der Leere, der Sprachlosigkeit, der Taubheit, den Pillen, den Krankheiten, den Fluchten, der Müdigkeit, der Angst, der Schlaflosigkeit erzählen, es würde nichts ändern.

Ganz im Gegenteil. Ich war mein ganzes Leben so fixiert darauf, sie auf mich aufmerksam zu machen – ich konnte gar nicht sehen, dass es noch andere Menschen gibt da draußen.

Es ist wie in einem schlechten Traum, wenn man jemanden boxt und der ist aus Watte und unverwundbar. Ich merke, dass ich mir hier direkt vor ihr ein Messer an den Hals halten könnte, es würde nichts verändern, außer dass sie einen hysterischen Anfall kriegen würde. Sie würde sich immer noch nicht für mich interessieren. Sie würde mich nicht MEHR lieben. Vielleicht habe ich deswegen solange nichts gesagt.

Weil ich die Hoffnung nicht aufgeben wollte.

Der einzige Beziehungsstatus, den wir jemals hatten, ist: Sorge. Ein Band zwischen uns gab es nur, wenn ich mich ganz klein und krank machte. Eine falsche Nabelschnur, die mir mit jedem Jahr mehr Luft genommen und ihr das Gefühl gegeben hat, sie sei eine aufopferungsvolle Heilige.

Es gibt zwei Typen von Menschen auf der Welt, hat sie immer gesagt: diejenigen, die herrschen, und diejenigen, die beherrscht werden.

Ich stehe immer noch im Türrahmen, meine Mutter hat das Gesicht dem Computerbildschirm zugewendet.

»Ich schlage vor, du übernachtest bei deinen Großeltern oder fährst wieder zurück in dein Drecksloch. Ansonsten werde ich dieses Haus nämlich verlassen. Du ekelst mich an. Erst bist du gemein, und dann kommst du mir hinterhergeschleimt. Das hast du schon als Kind immer gemacht. Es ist widerlich, Marla. Widerlich. Ich werde deinem Vater alles erzählen. Du bist ein Teufel.«

Ich spüre nichts mehr. Wie ferngesteuert laufe ich zu meinem ehemaligen Kinderzimmer. Es ist kein besonders schönes Zimmer. Es hat etwas Anonymes. Auf dem Parkettboden liegt ein ausrangierter alter Orientteppich.

Die Möbel wurden damals komplett im Möbelhaus gekauft. Birke Furnierholz Jugendzimmer. Es sieht auch nach Jahren aus wie neu gekauft, keine Kratzer, keine Spuren von Leben.

Ich lege mich in das kleine Bett, ziehe die Beine an den Körper und drücke mich gegen die Wand mit der Raufasertapete, in der Hoffnung, dass sie mich irgendwie hält. Dann ziehe ich mein iPhone aus der Tasche und knipse mich selbst. Als Dokumentation. Wie ein Gefängnisfoto. So sieht eine Verbrecherin aus. So sehen böse Mädchen aus.

Ich hatte mal einen Traum, in dem ich eine Tapete nach der nächsten von der Realität ziehen konnte. Also wirklich meine Umwelt ganz real und physisch entblättern.

Wenn ich das jetzt durchhalte … Wenn ich jetzt gehen würde … Vielleicht könnte ich dann frei sein.

Über diesem Gedanken schlafe ich ein, unruhig, körperlos, ich sehe ein blaues Licht durch meinen Traum schweben und würde ihm gerne folgen. Irgendwann wache ich auf von durchdringenden Schreien, die von draußen kommen. Ich renne zum Fenster, aber alles ist dunkel. Ich sehe nur die Umrisse der wogenden Hecke gegen den milchig-schwarzen Himmel. Wieder so ein Schrei. Das muss Mama sein, schießt es mir durch den Kopf. Sie erträgt es nicht, dass wir uns gestritten haben und bringt sich jetzt um, zwischen den Bäumen. Ich fange wieder an zu zittern und schaue im Schlafzimmer meiner Eltern nach. Niemand da. Das Bett ist glatt und unberührt. Auch hier sieht es aus, als wäre gerade erst jemand eingezogen. Eine Glühbirne hängt von der Decke. Die Wände sind weiß. Auf dem Nachttisch meines

Vaters liegt ein altes Medizinbuch. Ein Erbstück, wie aus einer anderen Zeit gefallen. Der Nachttisch meiner Mutter ist mit verschiedenen Tinkturen und homöopathischen Mitteln bestückt.

Ich renne runter. Durch die Glastür sehe ich meinen Vater auf dem Sofa sitzen, der Fernseher läuft, ein Schwarz-Weiß-Film auf Arte, aber er schläft, aufrecht sitzend, schnarchend.

»Papa, ich glaube, Mama tut sich was an. Draußen schreit jemand!« Mein Vater schlägt die Augen auf und räuspert sich. Er ist ganz grau geworden in den letzten Jahren. »Keine Sorge, Marla. Deine Mutter ist in ein Hotel gefahren. Sie wollte heute Nacht nicht hier schlafen.« »Aber draußen sind Schreie. Ich bilde mir das doch nicht ein …« Mein Herz klopft so laut, dass es in meinem Kopf pulsiert. Mein Vater steht auf und zusammen gehen wir auf die Terrasse. Die Schreie ertönen wieder. Unendlich leidend, gemartert. »Ach, das ist nur der Fuchs. Da schreit immer einer um diese Jahreszeit.«

»Aber er klingt wie eine Frau …«

»Geh jetzt wieder ins Bett, Marla. Wir unterhalten uns dann morgen über das, was vorgefallen ist. Das war nicht in Ordnung.« Mein Vater nimmt eine Tablette aus einem Blister und steckt sie sich in den Mund.

»Das ist doch Mamas Medizin! Du kannst doch nicht einfach ihre Tabletten nehmen. Oder hast du dir die jetzt auch selbst verschrieben?«

Mein Vater sieht auf einmal aus wie ein trauriger kleiner Junge. »Was für deine Mutter gut ist, ist auch für mich gut. Gute Nacht.«

Zurück im Bett finde ich keinen Schlaf. Die Kinderzimmermöbel beunruhigen mich. Es stinkt ein bisschen nach Fischfutter, weil ich mal einen Goldfisch in einem Glas hatte und sein Futter immer in einer der Schubladen aufbewahrt habe. Der Goldfisch ist irgendwann verschimmelt, weil man Fische nicht einfach in ein Glas Leitungswasser tun kann. Eine Weile versuchte ich ihn mit Antibiotika am Leben zu erhalten, aber die dunklen Flecken an seinem Körper wurden immer größer. Dann warf ich ihn in den Bach, der hinter unserem Haus vorbeifließt.

Ich frage mich, ob er sich wieder erholt hat. Ich schließe meinen Kleiderschrank auf, der nach so vielen Jahren immer noch nach Möbelhaus riecht. Ordentlich zusammengefaltet liegen da ein paar Wollpullover, die meine Mutter damals für meinen Vater gestrickt hatte, bevor ich überhaupt geboren worden war. Unverwüstliche 70er-Jahre-Alpaka-Wolle. An der Stange hängt das Konfirmationskleid meiner Mutter, das ein bisschen wie ein Brautkleid aussieht. Als kleines Kind habe ich mich öfters in den Schrank gesetzt, wenn meine Mutter mich in meinem Zimmer eingeschlossen hat. Ich habe mich dann in die hinterste Ecke gequetscht und in irgendetwas reingebissen, bis mein Kiefer schmerzte. Manchmal habe ich mich auch in die ausziehbare Schublade unter dem Bett gequetscht, zwischen die Kuscheltiere, und mir vorgestellt, ich wäre tot. Eigentlich wollte ich auch lieber nicht da sein. »Aber ich liebe dich mehr als mein Leben, Marla. Ich kann ohne dich nicht sein.« Ihre Stimme klingelt immer in meinem Kopf. Wenn man ein gutes Mädchen ist, lernt man irgendwann, sich auszuschalten.

Ich schaue durch das Bücherregal, ein paar Jugendromane, Jostein Gaarder, Meyers Konversationslexikon. Ein Pokal vom Ballett-Wettbewerb. Meine Welt im Regal. Dort steht auch eine kleine Holzdose, mit Perlmutt-Einlagen und innen mit Samt ausgebettet. So sehr ich mich auch anstrenge, kann ich mich nicht erinnern, woher ich die habe. Ein Geschenk von einer der vielen Tanten wahrscheinlich. Ich zögere. Besser nichts anfassen. Ich möchte mit diesem Zimmer nichts zu tun haben. Schließlich öffne ich die kleine Box doch. Darin liegen ein paar ausländische Münzen. Aus den Familienurlauben nach Italien und Spanien, bevor es den Euro gab. Die spanische hat ein Loch in der Mitte. Ein kleines blaues Glas-Auge an einem Anhänger liegt da noch. Das hatte ich zur Taufe bekommen, aber kann mich nicht erinnern, es je getragen zu haben. Ein vollkommen zerkauter gelber Bleistiftstummel und zusammengerollt ein Zettel. Ich nehme ihn raus. Man sieht darauf eine krakelige Kinderzeichnung in Buntstiftfarben: Ein Mädchen, das ein Ballettkleid trägt und auf der Plattform eines sehr hohen Turmes tanzt. Auf der Rückseite steht: Falls ich sterben sollte, möchte ich, dass bei meiner Beerdigung das Lied von U2 *With or Without You* läuft.

Vielleicht sind hier ein paar Dinge wirklich nicht in Ordnung. Warum war mir das damals nicht aufgefallen? Aber wenn das die Realität ist, was bleibt dann noch? Etwas in mir tut so weh, dass ich das Gefühl habe, es zerreißt mich gleich. Zwischen Herz und Bauchnabel werde ich gleich implodieren.

Mit letzter Kraft ziehe ich meine Schuhe an, schaue kurz in Lennarts Zimmer. Er liegt halb zugedeckt im Bett und hat noch einen dicken weißen Bademantel an.

Ich drücke ihm einen Kuss auf die schlafende Wange und schleiche aus dem Haus. Der Bewegungsmelder geht an und da sitzt der alte, zerrupfte Kater und zuckt mit der Schwanzspitze. »Tschüs, Brutus.« Er schaut nur misstrauisch und nutzt dann die halbgeöffnete Tür, um ins Haus zu schlüpfen. Ich ziehe sie ganz sachte ins Schloss. Es gibt fast kein Geräusch.

Ich laufe langsam die Einfahrt hinunter. Ich drehe mich nicht mehr um. Obwohl es die tiefste und schwärzeste Nacht ist, durch die ich je gegangen bin, fühle ich mich nicht alleine. Ich weiß es ganz genau.

14. INSEL DER HUNDE

Ich laufe durch die Nacht, durch das hohe Gras hinter den Leitplanken. Grillen zirpen und die Straße atmet noch die Wärme des Tages. Einmal springt ein Reh über die Straße und verschwindet im Dickicht. Aber ich bin mir nicht sicher, weil es so dunkel ist. Wenn ein Auto vorbeifährt, ducke ich mich automatisch. Ich passiere ein paar menschenleere kleine Dörfer, in denen nicht einmal mehr die Straßenlaternen brennen. In den Vorgärten der Bauernhöfe stehen Obstbäume, beladen mit unreifen grünen Äpfeln. Mein Herz schlägt die ganze Zeit über so laut und fest, ich hoffe, ich verliere es nicht und laufe einfach immer weiter geradeaus. Bis zum nächsten Kleinstadtbahnhof sind es acht Kilometer. Das war früher mein Schulweg. Es kommt mir vor, als wäre das in einem anderen Leben gewesen.

Ich laufe an einem kleinen Kosmetiksalon vorbei, wo ich oft nach der Schule hingegangen bin. Mindestens einmal in der Woche bekam ich dort eine Gesichtsbehandlung. Zum Abschluss strich die freundliche Kosmetikerin mir immer eine dicke weiße Pampe ins Gesicht, die sich erst erwärmte und dann hart wurde. Nach zwanzig Minuten konnte man das Ding abnehmen wie eine Totenmaske und dann entsorgen.

Auf dem Bahnhofsvorplatz lege ich mich auf eine Bank und versuche zu schlafen. Ich will nicht zurück nach Berlin. Da wartet sowieso niemand auf mich. Mein Körper fühlt sich steif und verloren an.

Als es dämmert, stehe ich mit schmerzenden Gliedern auf und gehe rüber zu dem gerade geöffneten Zeitungskiosk.

»Einen Kaffee bitte.«

Die Frau drückt auf eine Taste einer kleinen altmodisch aussehenden Nescafé-Maschine und sortiert, während die dünne Kaffeebrühe in den Becher sickert, weiter die Magazine hinter dem Glas. *Alte Liebe wiederentdeckt* steht auf einem Cover. Darauf sind weiße Dünen. SYLT.

»Welche Zigaretten sind denn mild?«

Sie empfiehlt mir zwei Sorten, die mir beide unsympathisch erscheinen. Jenna hatte letztens in Berlin zu mir gesagt: *R1 is the cigarette for pregnant women in Finland.* Also kaufe ich R1.

»Das hätte ich Ihnen als Nächstes empfohlen.« Die Kioskfrau nickt aufmunternd und reicht mir den Kaffee durch ihre Glasluke. Das Plastik ist braun, weich und gewellt. Wahrscheinlich schmilzt es gleich in meiner Hand.

»Milch funktioniert leider nicht. Müssen Sie schwarz trinken.«

»Ja, das passt …«

Dazu nehme ich ein Feuerzeug mit Katzenfotos drauf und sechs Saure Zungen. Ich setze mich auf die Balustrade eines gesichtslosen Springbrunnens aus Granitsäulen. Die ersten Schulkinder laufen über den Bahnhofsvorplatz und beobachten mich aus dem Augenwinkel. Sie sehen vielsprechend, neugierig und rosig aus. Ich wäre gerne noch so klein wie sie. Aber in anderen Umständen. Obwohl, vielleicht wäre ich gerade deswegen lieber doch nicht mehr so klein. Denn Umstände kann man sich ja als Kind nicht aussuchen. Ich merke, wie mich eine ganz fiese stechende Eifersucht durchzieht. Die Kids haben sich auf die andere Seite meiner Bank gesetzt und spielen jetzt Pokémon Go auf ihren Smartphones.

Ich öffne das Zigarettenpäckchen und rieche hinein. Ein leicht chemischer Lösungsmittelgeruch fliegt auf und davon. Ich verziehe die Nase. Trotzdem zünde ich eine Zigarette an, in mehreren Versuchen, die Hand gegen den Wind um das Feuerzeug gelegt. Ich ziehe, der Rauch schmeckt angenehm im Mund.

Ich fahre also nach Sylt. Entschieden. Und buche mit der Bahn-App ein Ticket. Ein älterer Mann kommt auf mich zu. »Rauchen Sie zum ersten Mal?«

Ich erröte. »Sieht man das?«

»Ja. Ich hab sie beobachtet, wie sie an den Zigaretten gerochen haben …«

»Ja, ich brauche das heute für mein Selbstbewusstsein.«

»Aber wieso das denn? So ein hübsches Mädchen wie Sie.«

»Ach wissen Sie, ich komme gerade von meiner Familie, die sind sehr anstrengend.« Da nickt er verständnisvoll.

»Und Sie? Machen Sie Urlaub hier?«

Er schüttelt den Kopf und deutet auf zwei Kleinbusse, die mit geöffneten Türen warten. *Hochwald Klinik* steht auf der Seite.

»Ich hab gerade einen Entzug hinter mir. Alkohol.«

»Und, hat es geklappt?« frage ich.

»Ja. Soweit schon. Bis ich das nächste schöne Bier irgendwo stehen sehe.« Wir lachen beide und ich mache mich auf den Weg zu meinem Bahngleis.

EILMELDUNG: 80 Tote in Nizza bei Attentat mit LKW

Ich lese einen Artikel über die Anschläge auf meinem iPhone, in dem das Blau Nizzas mit den Bildern von Yves Klein verglichen wird. Eine befreundete Yogalehrerin hat ein Video auf Facebook gepostet:

Why we all should move to the seaside:
- *Scientists have proven that living by the sea increases your happiness level*
- *the dark blue colour creates a feeling of calm*
- *spending time at the seaside unburdens your subconsciousness*
- *the water can refresh a tired mind and improve your concentration*
- *Water is natural. So let's all head to the sea right now!*

Im Hintergrund läuft eine rechtefreie Entspannungsmusik. Ich klicke das schnell weg, um mir meine Vorfreude auf das Meer nicht zu versauen. Ich verstehe, dass Yoga gesund ist, aber ich habe das Gefühl, dass Leute der westlichen Zivilisation davon ein bisschen dumm werden. Ich meine, die Inder machen es einfach nebenbei, vor der Arbeit oder so. Und kriegen vom Yoga nicht dieses dämliche Erleuchtet-Sein ins Gesicht.

Ich decke mir mit einer Bild-Zeitung, die in dem Netz des Vordersitzes steckt, die nackten Knie zu. Auf der Titelseite ist ein junger Mann mit einem Messer zu sehen, der gerade fünf Menschen in einem bayrischen Regionalzug im Namen des IS mit einer Axt lebensgefährlich verletzt hat. Darunter sieht man das Bild eines dicken Ehepaars vor Alpenkulisse, das ihre Tochter mit diesem Urlaubsbild grüßt.

Mein Kopf dröhnt und meine Augen brennen. Vielleicht sollte ich am Meer wirklich mal mein Handy ausschalten.

In Hamburg muss ich umsteigen. Es ist glühend heiß auf dem Bahnhofsvorplatz, man kann sich nirgendwo hinsetzen, keine Bänke, keine Mauern. Wahrscheinlich wollte der Stadtentwicklungsplaner auf diese Weise die Punks und Obdachlosen vom Bahnhof vertreiben, aber die sitzen jetzt einfach auf dem Boden.

Ich kaufe mir ein Matjesbrötchen beim Gosch-Imbiss, setze mich auf den schmutzigen Asphaltboden in die pralle Sonne und muss kurz lächeln, weil mir einfällt, dass der Schriftsteller Christian Kracht auch mal nach Sylt gefahren ist und bei Gosch saß, da war das allerdings noch etwas Exklusives, jetzt essen an den größeren Hauptbahnhöfen alle Gosch-Fisch im Aufbackbrötchen. Das war wohl auch die Zeit damals, als Lindt Schokolade etwas Besonderes war. Die haben jetzt eine Emoji-Schokoladen-Edition, die immer direkt an den Supermarktkassen liegt.

Eine Schülergruppe kommt gerade von einem Marathonlauf oder einem Konzert, von oben bis unten mit Farbpuder bedeckt. Farbpulverexplosionen, wie in meinem Facebook-Feed. Verschwitzte Familien schieben sich an mir vorbei, ich schaue auf die Uhr. Anschlusszug verpasst. Ich fange an zu heulen, sehr gepresst, nicht von ganz unten, nur so Tränen aus dem Kopf. Aber immerhin. Ich wünsche mir nichts mehr, als dass mich jemand in den Arm nimmt. Niemand da. Also setze ich einfach meine Sonnenbrille auf und nach einer weiteren Stunde in der erbarmungslosen Sonne steige ich endlich in die Nordostseebahn. In meinem Abteil stinkt es nach kaltem McDonalds-Essen und hinter mir sitzt die farbenfrohe Schülergruppe, die jetzt laut 90er-Jahre-Techno hört.

Als ich in Westerland am Bahnhof aussteige, klatscht mir die Inselluft ins Gesicht, feucht, salzig und warm. Ich atme tief ein und fühle mich wie ein vertrocknetes Gewächs, das zum ersten Mal wieder trinken darf. An der Touristeninformation lässt man mich wissen, dass die Insel zu hundert Prozent ausgebucht sei. Ich bin so erschöpft, dass ich nichts mehr antworten kann und drehe mich um. Lege ich mich halt einfach in den Rindenmulch, zwischen den Lavendel und die getrimmten Wildrosenbüsche hier vor dem Bahnhof und warte, bis ich sterbe. Neben einem Schienenfragment der historischen Sylter Inselbahn wird dann irgendwann mein Gerippe liegen.

Genau in dem Moment ruft mir die Frau vom Touristenschalter hinterher: »Nein, warten Sie. Sie haben Glück. Hier wurde gerade was storniert. Vier Nächte im Hotel Claire. Einzelzimmer mit Meerblick.«

»Claire klingt wunderbar. Danke.« Ich fasse in meine Jackentasche. Zum Glück habe ich die Kreditkarte meines Vaters eingesteckt. Da er immer alles ganz konservativ mit Bargeld bezahlt, wird er es wahrscheinlich erst in ein paar Tagen merken.

Die Dame macht einen kleinen Kringel auf einer Stadtkarte, direkt hinter dem Strand, und drückt mir das Papier in die Hand.

Ich laufe die Fußgängerzone entlang, lauter blitzblonde Familien sind auf dem Weg zum Strand. Sie essen Crêpes und Häagen-Dazs-Eiscreme und Fischbrötchen. Sie sehen zufrieden und mit sich selbst beschäftigt aus. Ab und zu streift mich ein misstrauischer Blick. Ich sehe bestimmt fertig, verschwitzt und vollkommen verloren aus. Großartige Idee, auf eine Familieninsel zu flüchten.

Unter der eingekringelten Adresse ist kein Hotel zu sehen, sondern nur ein Hochhausblock, der hufeisenförmig einen Parkplatz umschließt. In den ebenerdigen Ladenlokalen befinden sich abgetakelte Immobilienvermittlungen, ein Nagelstudio ohne Kunden und eine Ausstellung zum Thema Sylt mit verblichenen Fotografien, die sich schon wellen. Neben einem extrem unappetitlich aussehenden Eingang zum Restaurant »Luzifer« befindet sich eine weitere Tür mit einem Neonschild: Hotel Claire. Vier Sterne dahinter. Das Treppenhaus sieht genauso aus wie Treppenhäuser der DDR-Wohnhäuser am Alexanderplatz.

Ich steige in einen sehr kleinen Fahrstuhl, in dem maximal zwei Personen Platz hätten. In die metallenen Spiegelwände ist ein TV-Screen eingelassen, auf dem tonlos ntv-Nachrichten laufen. Das Bild von Angela Merkel mit Blut bespritzt vergrößert sich als Animation auf dem Bildschirm und verschwindet dann wieder als kleiner Pixel im Weiß der Oberfläche. Anscheinend der Ausschnitt aus einem IS-Anleitungsvideo.

Im zweiten Stock steige ich aus und betrete eine kleine schmucklose Rezeption. Plastikrosengestecke und eine harsche Wasserstoff-Blondine, die mir meinen Schlüssel aushändigt und dann um die Theke herumkommt, um mir das Zimmer zu zeigen. Wir laufen den langen Gang entlang, es sieht aus wie in einer etwas luxuriöseren Seniorenresidenz und es riecht auch ein bisschen so, nach Pisse und Putzmitteln. Vor der Zimmertür meiner Nachbarn steht dann auch ein Rollator und dahinter kläfft es schrill und hysterisch, die Stimme eines kleinen schlechtgelaunten Spitzes oder sowas.

Mein Zimmer hat die Größe eines Kaninchenkäfigs. Es wurde wohl in den 80er Jahren eingerichtet. Kirschbaum-Furnier und royal-blauer Teppichboden. Über dem Schreibtisch hängt ein Spiegel, den ich als Erstes mit einem der großen weißen Handtücher abhänge.

Aus dem Prospekt, der auf meinem Schreibtisch liegt, erfahre ich, dass das Hotel Claire früher ein Haus der »feinen Gesellschaft« war. An der Stelle, wo jetzt der Plattenbau steht, war eine schmucke Villa mit vier Türmen und einer großen halbrunden Freitreppe. Seit 1904 kamen und gingen hier Künstler der Berliner Staatsoper, aber auch Prinzessinnen wie Cecilie von Habsburg ein und aus. Die Schwarz-Weiß-Fotos zeigen Damen in weißen, gestärkten Kleidern und stolze Männer mit Tweed-Jacketts und Schlips. Davon ist hier definitiv nichts mehr zu sehen. Das Hotel fiel dann nicht dem Zweiten Weltkrieg zum Opfer, sondern in den 60er Jahren einem Architekten mit großen Investmentplänen.

Aber vor meinem Balkon liegt tatsächlich wie versprochen das Meer. Es liegt da grau und leer, stumpf glänzend. Am Strand laufen ein paar Badegäste entlang, aber niemand schwimmt. Die Mittagssonne steckt hinter einem diesigen Wolkenfeld.

Ich lege mich aufs Bett, nackt, und mache mich ganz klein und rund. Ein unendlich schwerer, haltloser Schlaf wischt über mich. Als ich zwischendurch aufwache, stehe ich auf, öffne die Balkontür, so dass ein gewaltiger Stoß Seeluft ins Zimmer prescht. Ich schaue aufs Meer und lege mich wieder hin. Die Prozedur wiederhole ich den ganzen restlichen Tag. Ich bin nicht in der Lage, mir etwas zu essen zu besorgen und trinke zwischendurch nur etwas Leitungswasser aus dem Zahnputzbecher. Es schmeckt ein bisschen salzig. Über den Tag hin gewöhnen sich meine Augen an die Monotonie vor dem Fenster. Und ich mache Unterschiede aus. Mal sehen die Wolken ein bisschen anders aus, mal schäumen die Wellen etwas mehr. Die Farbe changiert zwischen einem kalkigen Grau und einem sehr tiefen Blau-Grün. Es ist stickig im Zimmer, ich lasse das Fenster offen und das Rauschen dringt in meinen Schlaf, macht mich wie besinnungslos. Ich kann jetzt gar nichts mehr trinken. Als würde ich in ein ganz schwarzes Koma fallen, ohne Träume, mein Körper löst sich auf. Als ich einmal hochschrecke, habe ich Angst, dass ich wirklich gestorben sein könnte im Schlaf. Und jetzt tot im Laderaum eines riesigen Schiffsbauchs liege. Von oben schauen meine Eltern auf meinen toten Körper und reden miteinander über mich. »Was hat das Kind denn?«

Sie wissen nicht, dass ich sie sehen kann, obwohl ich tot bin.

Am nächsten Morgen werde ich um zehn von klassischen Pop-Songs aus der Kurmuschel geweckt. Johann Strauß, Rosen aus dem Süden, vier ältere Herren in orangefarbenen Hemden, einer mit Geige, einer am

Schlagzeug, eine Klarinette und einer am Keyboard. Ein paar Besucher sind hängengeblieben und machen Aufnahmen mit ihren iPhones. Ich stehe auf meinem Beton-Balkon, schaue auf die kleinen Wellen und fühle mich für einen Moment wie auf der untergehenden Titanic. Das Meer rauscht, als ob es von nichts eine Ahnung hätte. Ich wäre gerne die Tochter von Michelle Obama. Aber Eltern kann man sich eben nicht aussuchen.

In der Kurmuschel haben sich mittlerweile ein paar Models drapiert, alle in roten Abendkleidern, und eine Moderatorin kündigt Nadja, Julia, Melanie und Rabea an, die alle preisgünstige Modelle aus der »Modetruhe« tragen, die man dort heute mit zehn Prozent Rabatt erwerben könne. Man beachte das Dekolleté des roten Spitzenmodells. Die Rentner machen weiterhin Fotos und klatschen.

Ich schleiche wieder unter die Bettdecke und google »Sylt Suizid«. Es erscheinen keinerlei Angebote und wenige Anregungen. 2005 warf sich mal einer vor die Nordostseebahn bei Hörsum am Bahnübergang. Die entsprechende Nachrichtenmeldung konzentriert sich aber auf die Tatsache, dass die anderen Bahnreisenden in Bussen weitertransportiert werden mussten. Über den Mann, der gestorben ist, erfährt man nichts. Außerdem finde ich einen *Spiegel*-Artikel von 1999. Über den Theaterschauspieler Ulrich Wildgruber, der eines Tages von einem Spaziergänger im Sand gefunden wurde. Ertrunken. Er hatte angeblich ein Herzproblem. Aber seine Kollegen sagten, am Theater hätten sie ihn immer fröhlich und gesellig erlebt.

Vom Im-Bett-Liegen allein stirbt man jedenfalls nicht.

Ich ziehe mein iPhone aus dem Rucksack. Keine einzige Nachricht. Ich kann es nicht fassen, dass meine Eltern sich keine Sorgen um mich machen. Und Berlin hat mich auch vergessen. Alle mit sich selbst beschäftigt.

Ich öffne den App-Store und installiere Tinder. Ich wische durch eine Reihe von Bildern, darunter ein 19-jähriger Gymnasiast, der auf einer Stele des Holocaust-Mahnmals posiert, ein 22-jähriger Däne, der einen erschossenen Junghirsch am Geweih fasst, unter der Achsel ein Jagdgewehr, ein schmierig grinsender leitender Angestellter der Sparkasse Westerland, ein Politiker aus Berlin, der gerade Urlaub auf Sylt macht und angibt, dass er Hölderlin-Fan sei, ein Unternehmer mit öliger Porschefrisur, der für sich mit dem Spruch wirbt: »If you are looking for a bad boy – I'm bad at everything.« Es gibt eigentlich nur ein Foto, das mir gefällt. Ein gebräunter Mann namens Ole, der verschmitzt lächelt und einen Grashalm im Mund stecken hat. Außerdem sieht man ihn im Neopren-Anzug am Strand und wie er mit unfassbar riesigen Händen das Steuerrad eines Schiffes lenkt.

Obwohl ich wirklich nicht in Dating-Laune bin, muss ich das Risiko einer Verabredung wohl eingehen, wenn ich nicht den Rest meines Lebens allein in diesem kleinen Hotelzimmer verbringen will.

Wir verabreden uns um neun an der *Beach Box*, das ist ein kleiner Kiosk am Strand, wo man Burger und Bier kaufen kann und es immer voll ist. Ich kaufe schon mal zwei kleine Cheeseburger, die in weißes Pergamentpapier eingepackt sind, und zwei Bier. Dann setze ich mich auf die Treppenstufen zum Strand hin und warte.

Irgendwann erscheint Ole, den ich kaum wiedererkenne. Er hat auf jeden Fall eine ganz andere Ausstrahlung als auf den Fotos. Riesig und irgendwie fehl am Platz, schiebt er sich zwischen den Touristen und Surfern vorbei. Als er vor mir steht, starre ich ihm in die Augen, wie ich das immer bei der ersten Begegnung tue, als könnte ich dadurch irgendetwas herausfinden, aber Ole schaut weg und setzt sich neben mich, viel zu nah für jemanden, den man nicht kennt, und beginnt zu reden. Ich reiche ihm seinen Cheeseburger und er nimmt ihn, ohne sich zu bedanken, als würde ich ihm jeden Abend einen Burger kaufen.

Wir schauen auf die untergehende Sonne. »Dann fange ich mal an mit meinem Lebenslauf … Ich wurde auf Sylt geboren, meine Eltern sind geschieden, mit zehn kam ich in ein Heim für schwererziehbare Kinder, da war ich sechs Jahre, dann habe ich eine Ausbildung gemacht als Landschaftsgärtner. Ich war aber nie kriminell oder so. Nur ein bisschen widerständig.« Ich merke, dass Ole nicht weiter auf diesen speziellen Punkt seiner Biografie eingehen will. Aber ich finde es doch faszinierend, dass ich die wahrscheinlich einzige schwer erziehbare Person dieser Insel gefunden habe. Es ist ein bisschen windig geworden. Ole deutet Richtung Wasser und wir ziehen in einen Strandkorb um.

Ich bin mir nicht sicher, ob ich diesen Mann mag, aber trotz aller Skepsis klammere ich mich an ihn wie an einen Strohhalm. Ich rutsche ab. Er scheint ganz in sich zu sein, und ich schäume zwischendurch an ihm hoch. Ich lächle wieder. Er sieht es, aber lächelt irgendwie zeitversetzt zurück. Unsere gesamte Kommunikation ist verschoben. Immerhin ist er Rettungsschwimmer. Ich starre auf seine unglaublich großen Hände und stelle mir vor, ich könnte mich einkringeln und da rein legen. Aber ich kenne den Typen ja gar nicht. Er könnte auch einfach seine Hand schließen und mich wie einen kleinen Zweig zerbrechen.

Während wir auf den Sonnenuntergang starren, merke ich, wie mein Körper wieder taub wird, meine Oberschenkel zittern ganz leicht. Aber ich will das hier durchziehen. Ich winde mich und hole den Filter hervor, von dem ich dachte ich hätte ihn im Haus meiner Eltern zurückgelassen. In diesem Licht betrachtet sieht doch alles ganz rosig aus. Es ist doch gar nicht so schlimm, es tut auch gar nicht weh. Wenn ich mich nur genug anstrenge, ist alles schön. Gefühlt drehen sich alle meine Organe um und mein Gehirn presst sich zusammen wie ein Schwamm, den ich innerlich auswringe. Meine Oberfläche wird taub, aber ich funktioniere wie ein kleiner Apparat, eine Tinder-Funktions-Maschine.

Ich presse mich in meine Strandkorbecke.

»Schau mal, ein Schweinswal!«, sagt er mit seiner sehr tiefen, sehr freundlichen Stimme.

»Das da?«

»Nein, das ist ein Surfer …« Er lacht nie. Alles, was er sagt, klingt gleich ernst und wohlgesonnen.

»Ah, ich seh ihn nicht …«

»Das ist okay, du kommst aus der Stadt. Was sind deine Hobbys?«

»Hobbys? Ich glaube ich habe keine direkten Hobbys. Ich schreibe entweder oder ich hänge rum oder ich treffe Leute.«

»Das ist ja nicht so schlimm. Kann ja noch kommen.

Was hörst du für Musik? Also ich stehe ja auf so Handgemachtes. Egal ob Elektro oder Gitarre. Hauptsache, es hat so eine persönliche Note. Man darf keine Musikrichtung verurteilen. Jede hat ein paar gute Nischen.«

»Außer die Musik aus der Kurmuschel …«

»Sag das nicht. Da gibt es bestimmt auch mal ein schönes Jazz-Stück, oder so.«

»Ich glaube, ich hab einen Sonnenstich …«

»Wie kommst du darauf?«

»Äh, mir ist total heiß, meine Haut glüht …«

»Das ist bestimmt ein Sonnenbrand. Nicht so schlimm.« Er mustert mich kurz mit dem prüfenden Blick eines Rettungsschwimmers, der auch eine Sanitäter-Ausbildung gemacht hat. Auf seinem inneren Manual kreuzt er die Kategorie *Hysterisches Großstadtmädchen* an.

Vor uns joggt jetzt ein Mann in schwarzer Multifunktionskleidung vorbei, neben ihm rennt ein Dobermann durch die Gischt. Ole grüßt ihn freundlich.

»Wer war das?«, frage ich.

»Der Neue von meiner Exfreundin.«

»Oh Gott …«

»Nein, ist total okay. Wir sind immer noch alle befreundet. Ich habe ein Kind mit der Frau.«

In letzter Zeit finde ich es wahnsinnig attraktiv, wenn Männer schon Kinder haben. Weil ich denke, dass sie dann unmöglich schlechte Menschen sein können, und dass sie als Väter ein gewisses liebevolles Verantwortungsgefühl in sich tragen müssen. Aber wahrscheinlich verändern einen Kinder ja doch nicht wirklich. Sie machen niemanden automatisch zu einem besseren Menschen. Ole zeigt jetzt auf den Horizont.

»Siehst du den Windpark da hinten? 150 Windräder

haben sie da ins Meer gebaut. Das war vielleicht ein Skandal ... Weil die Leute es nicht ästhetisch finden. Ich finde das so unverantwortlich, dass sie dann Atomenergie vorziehen. Hauptsache, es stört sie nichts vor der eigenen Tür. Hauptsache niemand schmeißt den Atommüll in ihren Keller. Warum investieren wir nicht mehr in Wasserenergie? Man könnte Ebbe und Flut doch zum Beispiel nutzen ...«

»Aber sind Wasserkraftwerke nicht auch schädlich für die Umwelt?« Ich versuche das Gespräch am Leben zu erhalten, aber will eigentlich nur ganz schnell wieder in mein Hotelzimmer. Dieser Ole ist mir nicht geheuer, obwohl er so versöhnliche Sachen sagt. Etwas in mir ist aber wie gelähmt. Ich *kann* nicht gehen.

»Und wenn sich mal ein Fisch den Kopf anhaut, dann schreien gleich alle auf.« sagt Ole.

»Ja, weil man sich mit dem Fisch eben identifizieren kann. Solange die Probleme nicht sichtbar sind, interessiert es auch keinen ...«

»Was machst du denn hier auf der Insel eigentlich? Wenn du keine Hobbys hast?«

»Ich ..., äh ..., schreibe einen Artikel über den Abschied vom Konsum sozusagen.«

»Ja, diese ganze materielle Scheiße. Das macht einen nicht glücklich. Viele meiner Freunde sind Immobilienmakler hier, die verdienen ein Schweinegeld. Aber darum geht es doch gar nicht. Es geht um Gefühle.«

Wahrscheinlich ist Ole der netteste Mann der Welt. Ich weiß nicht, wo mein Unbehagen herkommt. Ich starre ihn zwischendurch immer mal wieder durchdringend an, aber ich dringe nicht durch. Sein Mund ist ein bisschen schief. Seine Augen sind sehr hellblau. Seine

Haut goldbraun. Trotz seiner zwei Meter und diesem massiven Schultergebirge sieht er extrem verloren aus. Vielleicht ist es eine eingeschlossene Traurigkeit, die irgendwo auf seinem Grund liegt. Die aber wie eine Glaskugel für immer unzugänglich da liegen wird. Vielleicht kann man nicht alle Dinge öffnen. Dieses Eingeschlossene in manchen Menschen macht mir Angst. Ich frage mich immer, *was* genau da für immer versiegelt wurde.

Ole quasselt weiter. Über die Mietpreise, über seine kleine Tochter, über das Leben am Meer, über seinen Cousin, der ein bekannter Künstler in New York ist, über einen Triathlon, den er mitmachte, bei dem er fünfzig Euro auf dem Boden fand, weswegen er drei Kilometer mit einem Fünfzigeuroschein in der Faust schwimmen musste, und ihn dann später in seine Socke steckte.

Ein großes Schiff mit Scheinwerfern fährt frontal auf den Strand zu. Ole weiß natürlich, dass das ein Schiff ist, welches mit Unterwasserrohren Sand an den Strand pumpt. Sylt wird nämlich immer schmaler. Und damit die Insel nicht verschwindet, muss sie kontinuierlich mit Sand aufgefüllt werden.

Ole schaut mich ganz wehmütig an. »Meine Ex-Freundin war auch so klein wie du.«

Ich fühle mich wie ein nackter Vogel, der aus dem Nest gefallen ist. Und ich bin mir sicher: Er sieht das. Ich tue ihm leid. Aber ich möchte niemandem leidtun. Ich bin eine unabhängige junge Frau aus Berlin. Ich brauche niemanden. Schon gar keinen gestörten Surfer aus Sylt, der einen Helferkomplex hat.

Mittlerweile ist mein gesamter Körper gelähmt. Wir haben den Himmel in den verschiedensten Schattierungen gesehen, ein dunkles Wolkengebilde, wie ein riesiges Schiff am Horizont, verschmilzt langsam mit der Dunkelheit. Ich frage mich, ob Menschen an sich widersprüchlich sind oder ob man das komplex nennt.

»Also, warum bist du wirklich hier, Marla?« Ich schlucke. Mir ist heiß. Meine Zunge bewegt sich automatisch. Sie funktioniert immer. Als ob Sprache die letzte Funktion eines Menschen wäre, die unabhängig vom Rest funktioniert.

»Ich hatte eine Art Streit mit meiner Mutter. Oder besser gesagt, ich möchte einfach nie wieder was mit ihr zu tun haben. Sie haben mich aber sowieso rausgeworfen.«

»Bist du deiner Mutter ähnlich?«

Ich muss wirklich lange überlegen. Sie ist ja immerhin meine Mutter. Wahrscheinlich wäre es verlogen, jetzt Nein zu sagen. Ich habe eine ganze Reihe von Eigenschaften von ihr. Vielleicht haben wir die gleiche Rigorosität, mit der wir in der Lage sind, Dinge aus unserem Leben zu schneiden. Aber so wie ich jetzt hier sitze. Mit dem Schweiß im Gesicht, dem Salz in den Haaren. Diese ganze Reise. Das ist sie nicht. Das bin nur ich. Und das ist mein Leben. Und daraus werde ich machen, was ich will.

»Nein«, sage ich. »Nein. Wir sind sehr unterschiedlich.«

Er nickt. Und gähnt mehrmals. »Wenn du magst, können wir morgen zusammen frühstücken.«

»Mh, ja, ich melde mich. Ich möchte jetzt nach Hause gehen.«

Den Fluchtinstinkt habe ich auf jeden Fall auch von meiner Mutter.

Wir verabschieden uns.

»Es war sehr nett«, sagt er.

»Ja«, sage ich. Und schäme mich in Grund und Boden, dass ich so ein Feigling bin. Innerlich bin ich schon lange weggerannt.

Am nächsten Morgen lösche ich Tinder und die Telefonnummer von Ole und laufe verstört durch die Fußgängerzone von Westerland. Vor einer McDonalds-Filiale lehnt ein Aufklappschild. *McDonalds 1x1. Die neue Grundversorgung.* Und dann sind da neun verschiedene Lebensmittel für jeweils einen Euro abgebildet. Ich kann sowieso nichts essen.

Ich bleibe gegenüber der Auslage eines Fischgeschäfts stehen und schaue die fetten bunten Fische an, die sich in den Eiswürfeln räkeln. Vielleicht kaufe ich eine Auster. Aber alleine Austern zu essen, erscheint mir dann noch erbärmlicher, als gar nichts zu essen. Eine ältere Dame, schwer gebräunt mit Gold an den Fingern und Handgelenken, leert einen Haufen Kleingeld vor der Fisch-Verkäuferin aus.

»Das reicht bestimmt nicht«, vermutet die Verkäuferin. Sie zählt.

»18,59.«

»Sehen Sie!« Die Dame mit dem Gold triumphiert, dabei bekommt sie vor Erregung ein leichtes Zucken im Gesicht. »Da war ihr Blick wohl nicht geschult genug«, giftet sie die Verkäuferin an. Die verschwindet fast hinter ihrer grauen Dauerwelle und verzieht geschult keine Miene.

Ich miete mir ein E-Bike und fahre durch die graue Strandsiedlung, hinaus aus Westerland, einen gewundenen Weg hinter den Dünen entlang. Durch Wenningstedt, weiter nach Kampen. Ich überhole sämtliche Fahrradfahrer auf der Strecke, weil ich mit dem E-Bike so schnell bin. Und habe ein schlechtes Gewissen dabei, weil die ja von weitem denken, dass ich ein normales Fahrrad fahre, und vielleicht jetzt eine Krise bekommen, wenn sie sich fragen, wie dieses kleine blonde Mädchen trotz Gegenwind sie so leichtfüßig überholt. Ich fühle mich wie eine waschechte Betrügerin. Aber es macht Spaß. Ich versuche mich mit einem inneren Mantra auf den Spaß zu konzentrieren.

Auf der rechten Seite zum Landesinneren hin stehen die ganzen reetgedeckten Klinkerhäuser, umrundet von dunklen Buchsbaumhecken. Sie sehen aus, als hätten sie dunkle Mützen auf. Vor jedem von ihnen parken ein bis zwei schwarze Autos, Landrover oder diese kastigen Porsche-Geländewagen. Wahrscheinlich verschanzen sich in diesen Häusern die ganzen blonden schönen Familien. Und der schwarze Geländewagen spuckt sie dann kurz an den Strand, wo sie sich im Strandkorb verstecken, und bringt sie nach ein paar Stunden wieder nach Hause, unter das meterdicke Reetdach, wo sie sich mit Krabben, die sie bei Edeka gekauft haben, die Bäuche vollschlagen. Dummerweise stellen sie zu Hause beim Lesen der Vakuumverpackung fest, dass es gar keine Nordseekrabben sind, sondern Eismeergarnelen aus Grönland.

Ich biege von dem geteerten Fahrradweg auf einen kleinen Sandweg ab, schließe das Fahrrad ab und gehe zu Fuß weiter. Zwischen den Sandhügeln ist es viel wärmer, es riecht süß und sauber. Die wilden Rosen blühen und eine Schlingpflanze, die ich noch nie vorher gesehen habe, mit winzigen, trichterförmigen kleinen Blüten, rankt sich über das Heidekraut. Trotz der Hochsaison ist hier niemand unterwegs. Die Stille nimmt mir für einen Moment die Luft. Angst kriecht meinen Hals hoch.

Ich bin vollkommen alleine.

Irgendwann erreiche ich die letzte hohe Düne vor dem Meer, der Sand wird weicher, die Schritte schwerer. Richtung Kampen, auf einem dieser hölzernen Balkons für die Rettungsschwimmer, meine ich die Silhouette von Ole zu erkennen.

Ich gehe sicherheitshalber in die andere Richtung, mit den Füßen durchs Wasser. Die Wellen sind ziemlich hoch heute und im flachen Wasser schwimmen unzählige kleine durchsichtige Quallen, die von einem roten Geäst durchzogen sind.

Ich frage einen Jungen, der gerade aus dem Wasser kommt, ob die Quallen gefährlich seien. Er lacht. Man sieht seine schönen weißen Zähne. Er geht bestimmt gleich zu seinen Eltern unter so ein Reetdach und chattet abends mit einem sportlichen Mädchen von seinem Gymnasium, während seine Eltern im Garten den Grill angeworfen haben. Sie wollen noch mit ihm diskutieren, ob er wirklich ein Highschool-Jahr absolvieren sollte.

»In der Nordsee ist nichts gefährlich!«, sagt er. Und rennt Richtung Strandkörbe.

Ich ziehe mich ganz aus und gehe vorsichtig ins Wasser. Die Wellen werfen mich fast um.

15. THIS IS HOW THE LIGHT GETS IN

Im IC von Sylt nach Berlin, schnappe ich mir eine fremde Reisetasche aus der Gepäckablage und stelle sie neben meinen Platz auf den Sitz zum Gang, so dass sich auf keinen Fall jemand neben mich setzen kann. Hier ist der gleiche Teppich wie im Hotel, nur dass hier auch die Sitze damit bezogen sind, dezent gemustert mit kleinen Quadraten, in royal- bis taubenblau. Halb Deutschland ist mit diesem blauen Teppich ausgelegt.

Schräg gegenüber haben sich ein Hippiemädchen und ein Hippiejunge an einem Platz mit Tisch breit gemacht. Sie erzählt, dass ihr letztens ihre Maultrommeln und ihre selbstgenähten Klamotten geklaut wurden, und dass sie dann einfach nackt am Strand rumgelaufen sei, weil sie ja keine Klamotten mehr hatte. Die haben vielleicht alle geguckt. Ich muss an eine ältere Dame am Sylter Strand denken, die nackt, nur mit einem Rucksack auf dem verrunzelten Rücken, in einer Art Stechschritt den Strand entlangmarschierte. Da hat eigentlich niemand irritiert geguckt.

Ob das wohl was mit der »heroic calmness« zu tun hat. Mit dieser Vokabel hat eine ausländische Zeitung kürzlich die deutsche Reaktion auf die Terroranschläge bezeichnet. Der Hippie legt sich mit dem Rücken auf die Sitze, streckt wie ein Käfer die Beine in die Luft und macht kleine Dehnübungen.

In Husum steigt ein weiterer Aussteiger mit nacktem Oberkörper und einem Schaffell unter dem Arm ein und setzt sich direkt hinter mich. Es riecht jetzt sehr streng nach Schaf und Schweiß, aber ich traue mich nicht, den Platz zu wechseln, da ich nicht intolerant wirken will.

Auf der anderen Seite des Ganges hat ein Mann mit dunklen Augen Platz genommen. Er verschwindet kurze Zeit später und hinterlässt einen Rucksack. Ich starre den Rucksack an. Mir wird ein bisschen mulmig. Bombe? Aber würden Terroristen Bomben in Fjällräven-Rucksäcke tun? Vermutlich nicht. Nach einer Ewigkeit kommt der Mann wieder. Er telefoniert jetzt und lacht, bespricht mit einem Kollegen aus der Unternehmensberatung, wo sie am besten den Geburtstag eines anderen Kollegen im Hamburg feiern könnten. Als er aufgelegt hat, bietet der Hippie mit dem Schaffell ihm ein Bier an. Er nimmt es strahlend entgegen und die beiden prosten sich zu.

»Zum Glück ist das hier ein IC. Im ICE fahre ich nicht mehr mit. Da sind die Fensterscheiben aus Kristallglas. Ich fühle mich immer ganz ausgelaugt, wenn ich da rauskomme«, seufzt der Hippie.

»Ach, wirklich?« Der Unternehmensberater schaut neugierig. »Warum denn?«

»Haben Sie noch nie davon gehört? In Rumänien steht eine Pyramide aus Kristallglas. Wenn man in der Nähe dieser Pyramide war, wird man sofort krank, weil sie die ganzen Strahlen bündelt. In ihrem Inneren sind alle Weltreligionen vereint. Aber die Amerikaner wollen nicht, dass das an die Öffentlichkeit gelangt.«

»Ach, wirklich? Das ist ja krass … Haben Sie da eine Quellenangabe? Das würde ich gern mal nachlesen.«

»Ich möchte kein Bürger eines Staates sein. Ich lebe deswegen autark im Wald. Die Ärzte wollten mir vor ein paar Jahren mein Bein amputieren. Aber sehen Sie, es sieht doch noch ganz okay aus. Es gibt Anzeichen dafür, dass Frau Merkel in der Invalidenstraße 122 lebt. Schauen Sie sich den Bundesadler mal genau an … Und das Zeichen der Deutschen Bahn. Wissen Sie, wofür DB eigentlich steht?«

Der Unternehmensberater grinst freundlich. In seinem Blick steht: »Was für ein Freak!« Aber er bleibt dem Waldmenschen gegenüber ganz höflich.

Mir wird auf einmal sehr übel. Ich stehe auf, um zur Toilette zu gehen.

Auf der Zugtoilette ist es still, durch die milchige Fensterscheibe fällt weißes, weiches Licht.

Was macht man, wenn man zum ersten Mal im Leben nicht mehr wütend ist, sondern nur noch traurig? Passiert jetzt noch irgendwas? Keine Ahnung, wie ich das aushalten soll. Etwas in mir stimmt hinten und vorne nicht. Und ich habe die Befürchtung, dass man es mit Tabletten nicht lösen kann. Ich schaue in den Spiegel und lächle mich an. Meine Proportionen stimmen nicht mehr. Ich bin zu groß. Und die Welt trennt sich von mir, in einer ganz seltsamen Gegenbewegung. Ich falle in das schwarze, schmerzende, traurige Loch in meinem Bauch, und während ich langsam immer tiefer in mich selbst gleite, tritt die Außenwelt einen Schritt zurück. Alles sieht anders aus. Die Welt ist nicht mehr ich.

Ich habe mich mein ganzes Leben an diese Welt geschmiegt, an die Menschen, aber auch an Tiere und

Bäume, es war alles *ich* – im Gegenzug hat die Welt sich um mich gekümmert, und jetzt stehe ich hier in meinem schwarzen Loch und schaue aus mir heraus und sehe die Welt zum ersten Mal ohne mich. Sie läuft ohne mich. Ich stehe jetzt in ihr und kann Dinge verändern. Ich dachte bisher, sie verändert nur mich. Mit Stärke kommt Verantwortung. Mit Klarsicht kommen Dinge ins Sichtfeld, die man lieber nie gesehen hätte. Und mit der Unabhängigkeit werden Entscheidungen fällig.

Sind alle Menschen in dieser Einsamkeit gefangen? Es fühlt sich so verdammt einsam an. Und so schutzlos. Mit dem In-mir-Drinnen-Sein kommt eine nie dagewesene Angst. Ich bewege mich jetzt also ganz alleine, vollkommen schutzlos durch diese Dinge, die nicht Ich sind. Ich weiß nicht, ob ich das aushalte. Ich weiß es wirklich nicht.

Ich hatte mir das alles anders vorgestellt. Ich hatte eine ganz andere Vorstellung, was so ein Leben sein könnte. Und jetzt ist es gar nicht viel. Ich bin auf einmal auch Ich, obwohl der kleine Hund mich nicht mehr erkennt. Aber vielleicht finde ich ja einen anderen Hund irgendwann. Wahrheit gibt es nur zu zweit, hat Hannah Arendt mal gesagt.

Ich bleibe eingeschlossen auf der Zugtoilette, bis wir Berlin erreichen, gleite wie ein kleines Gespenst aus der Bahn und nehme ein Taxi. Nach Hause. Schnell und unsichtbar. Zum Paul-Lincke-Ufer. Seltsamerweise funktioniert die Kreditkarte immer noch. Ich reiche sie dem Taxifahrer, der mir einen langen Vortrag darüber hält, warum es für ihn nicht ökonomisch sei, wenn ich trotz 1,50 Euro Aufschlag mit Karte zahlen würde. Er ist richtig aufgebracht. Wenn er es recht bedenkt, hätte er mich am liebsten gar nicht mitgenommen.

Ein Monsunregen hat alles sauber gewaschen in meiner Abwesenheit. Keller mussten leergepumpt werden und in einem Video auf meinem iPhone sehe ich, wie ein Mann in Unterhosen auf der U-Bahntreppe des Herrmannplatzes tanzt, die der Regen in einen strömenden Wasserfall verwandelt hat.

Ich steige aus. Auf den Pflastersteinen liegt schon das erste gelblich welke Laub, feucht und vertraut. Ein schmales Wasserrinnsal läuft durch den Rinnstein und versickert in einem Abfluss direkt vor der Hauseinfahrt. Es macht ein helles, klares Geräusch, wie das Wasser in den Untergrund tropft. Ein paar der schmalen Weidenblätter segeln selig durch das Gitter. Ich habe immer noch die Kreditkarte in der Hand und knicke sie jetzt in der Mitte zusammen. Mit einem großen inneren Widerstand faltet sich das Plastik, ein weißer Striemen erscheint, aber sie bricht nicht. Sie ist zäh wie Kaugummi. Ich bücke mich zu dem gurgelnden Abfluss und stecke sie durch einen der Schlitze wie in ein Kartenlesegerät. Ich muss über mich selber grinsen und schaue mich kurz um, ob mich auch niemand beobachtet.

Ein großer Ast der Weide vor dem Haus ist abgestürzt, sodass die fadenartigen Zweige jetzt mit den zierlichen grünen Blättern über den Boden fegen. Es riecht nach Erde, Kühle und ein bisschen nach dem Ende des Sommers im Innenhof. Ich atme ganz tief ein. Die nächste Jahreszeit kündigt sich an. Man riecht sie zuerst nur. Wehmut und Vorfreude liegen in der Luft und sind viel aufregender als die Jahreszeit selbst.

Ich schließe die Wohnung auf. Jenna sitzt mit Kopfhörern auf ihrem Bett, den Laptop im Schoß, und steht tatsächlich auf, als sie mich sieht, um mich in den Arm zu nehmen. Es ist eine leicht autistische Umarmung, aber ernst gemeint. Sie schaut an mir hoch und runter.

»You look weird. Are you ok?«

Ich nicke, unendlich müde, aber glücklich, wieder in unserer kleinen Wohnung zu sein. Immerhin scheint Jenna mich noch zu erkennen, sie hat mich offensichtlich nicht für einen Einbrecher gehalten. Auf dem Wäscheständer trocknet ihre Sport-Nylon-Kollektion, sie hat ihre Nike-Running-Shoes frisch geschrubbt und gebleicht, es riecht nach finnischer Kernseife.

»Are you hungry?«

Ich nicke. Ein bisschen ungelenk springt sie in die Küche und fängt an, mit den Töpfen zu hantieren.

Ich lasse mich auf den Küchenstuhl fallen, schaue mich um. Das Geschirr hat sie sehr ordentlich gespült und es kunstvoll auf der Waschmaschine zum Trocknen drapiert. Auf dem Küchentisch steht ein Strauß Kornblumen, daneben liegt ein bleicher Ast. Wie ein Knochen von einem Geist sieht er aus.

»Was ist das?«, frage ich.

»Den habe ich mal am Meer gefunden. Ich nehme ihn jetzt immer mit, wenn ich umziehe. Der einzige Gegenstand, der immer mit mir reist. Ich glaube, es ist ein Zauberast.« Jenna schaut mich ernst an, für ihre Verhältnisse wirklich lang.

Auf dem Tisch liegt außerdem eine alte Tageszeitung, ganz verwittert und staubig. Ich fasse sie an und mir läuft ein Schauer den Rücken runter. Papier kann tatsächlich noch trockener werden, wenn es alt ist. Unter meinen Fingernägeln sind dunkle Sandränder.

»Where have you been?«

»Oh, nichts Besonderes. Hab einen Freund besucht.«

»Really? Du siehst aus, als hättest du eine Woche auf der Straße gelebt …«

Ich schiebe die zerknitterte Zeitung weg. Auf der Titelseite sieht man Angela Merkel. Sie lächelt weise und hat die Hände vor ihrem Körper zu der berühmten Merkel-Geste geformt. Eine Art Dreieck, das auf dem Kopf steht. Ich würde gerne weinen. Aber es kommt nichts. Ich weiß nicht, ob ich nichts spüre, weil ich so abgefucked bin, oder ob ich vielleicht einfach nicht traurig bin.

Jenna wirft Linsen und kleine Möhrenstücke in einen Topf.

»Your Office called. Sie haben dich versucht zu erreichen. I told them you gonna come back tomorrow. I mean, sie haben am *Festnetz* angerufen …«

»Danke. Ja, klar. Morgen ist gut.«

Ich blättere weiter durch den Zeitschriftenberg. Eine neue *Vogue*, die August-Ausgabe. Ich schlage sie auf und entdecke Nathan aus der Bar, mit ein paar anderen Jungs. Auf einer Doppelseite modeln sie für eine italienische Modemarke. Nathan hat einen neuen Namen und nimmt jetzt weibliche Hormone. Das blonde lange Haar fällt um sein knochiges, schönes Gesicht. Er sieht hübsch, stolz und einigermaßen glücklich aus.

Ja, und viel mehr haben wir ja nicht, denke ich. Wir kämpfen jeden Tag ein bisschen gegen das Umknicken, gegen die alten Kräfte und gegen die Ungerechtigkeiten. Gegen das, was der Tag so an Unglücken mit sich bringt.

Aber das Leben ist zu kurz, um sich nicht anzustrengen. Wir haben eine Entscheidungsfreiheit, jede Sekunde. Das habe ich jetzt verstanden. Aber das Seltsamste, was jetzt passiert, ist, dass auf einmal Gefühl 3 auftaucht. Und das hat etwas mit den anderen Menschen zu tun. Auf Höhe des Herzens gibt es jetzt eine Verbindung, ein Einverständnis. Vielleicht kann man erst mit jemandem befreundet sein, wenn man den Falter von seinem Herzen entfernt hat.

Oh Gott, Marla, jetzt klingst du echt wie ein kitschiger Facebook-Eintrag.

Jenna tippt mir auf die Schulter: »Marla. Dinner is ready. Du musst was essen.«

Mit Gefühl 3 könnte ich es auf jeden Fall eine Weile aushalten.

GROSSEN DANK AN:

Lina Muzur fürs Mitdenken & Ermutigen & überhaupt. Florian Glässing für den langen Atem. Thomas Meinecke & Charlotte Brombach & Rainer Weiss fürs Erkennen. Spezieller Dank an die mutige Eva B., ohne die ich das, was hier steht, niemals hätte artikulieren können, und an den wundervollen Norbert P. für Herz & Vertrauen & unendliche Geduld.

INHALT